Mord auf der »Meta«

Angelika Singer

MORD AUF DER »META«
++ 53 ° 51 ' N ++ 8 ° 42 ' E ++

Ein Frachtschiff-Krimi

Engelsdorfer Verlag
Leipzig
2012

Das vorliegende Buch ist ein fiktives Werk. Alle Namen, Figuren und Vorkommnisse entspringen der Phantasie der Autorin. Ähnlichkeiten mit lebenden oder verstorbenen Personen wären rein zufällig.

Für Heino

Titel-Fotografien:
Heino Sönnichsen/Angelika Singer

Bibliografische Information durch die Deutsche Nationalbibliothek: Die Deutsche Nationalbibliothek verzeichnet diese Publikation in der Deutschen Nationalbibliografie; detaillierte bibliografische Daten sind im Internet über http://www.dnb.de abrufbar.

ISBN 978-3-86268-872-2

Copyright (2012) Engelsdorfer Verlag Leipzig
Alle Rechte beim Autor
Hergestellt in Leipzig, Germany (EU)
www.engelsdorfer-verlag.de

13,60 Euro (D)

Noch an Land

Jan Magnusson schloss die Augen. Irinas Hände glitten in sanften Bewegungen über ihn hinweg. Wie immer, hatte er sich bereits Tage vorher darauf gefreut. Er bestand stets auf Irina, auch wenn sie hin und wieder versuchten, ihm eines der anderen Mädchen unterzujubeln. Dann disponierte er lieber um und verschob den Termin einfach, bis Irina wieder frei war.

Das Mädchen war vor einigen Jahren mit ihren Eltern aus Russland gekommen. Da sie von vor Jahrhunderten nach Russland eingewanderten Deutschen abstammte, beherrschte sie die Sprache, behielt aber ihren entzückenden russischen Akzent. Magnusson durchlief stets ein wohliger Schauer, wenn sie mit ihrer tiefen, kehligen Stimme zu ihm sprach: »Muoskau im Winterr, das ist ein Määrrchen . . .«

Entzückend, dieses »Muoskau« aus ihrem hübschen Mund. Irina war ein graziles Mädchen, welches doch über die erfreulichen Rundungen an den richtigen Stellen verfügte. Ihr Haar trug sie mal rot getönt, mal strohblond und auch tiefschwarz sah er es schon an ihr, aber wenn er sich an der Farbe ihrer Augenbrauen orientierte, musste Irinas natürliche Haarfarbe ein dunkles Honigblond sein. Heute glänzte es rötlich wie ein Fuchsfell. Ihre Augen waren bemerkenswert. Über den hohen Wangenknochen, welche ihre slawische Herkunft verrieten, waren sie mandelförmig geschnitten, als ob sich der Orient einen Übergriff in die russische Steppe erlaubt habe. Jedoch ging dieser genetische Vorstoß nicht soweit, ihr ein paar dunkel glühende Augen zu verpassen. Ihre Iris zeigte einen sehr hellen, Bernstein ähnlichen Farbton, wie Magnusson ihn zuvor noch nie bei einem Menschen gesehen hatte und der entzückend mit ihrer natürlichen Haarfarbe wirken musste. Hellgelbe Augen mit winzigen grünen Einsprengseln. Das Mädchen war eine große Katze und er hätte schwören können, dass sie, wenn sie sich wohl fühlte, schnurrte. Sie war eines jener weiblichen Wesen, von denen ganz stark eine zwingende und quälende, stille und doch leidenschaftliche Verführung ausging, durch die einzig und allein Frauen eines gewissen, nicht ganz reinblütigen slawischen Typs, den schwachen Mann zum Äußersten trieben. Selbst Magnusson, der reinen Herzens seine Liebe zu Marlene beschworen hätte, konnte sich ihrer Ausstrahlung nicht entziehen und genoss ihre Nähe alle vier Wochen einmal.

Unter Irinas kundigen Händen schloss Magnusson die Augen und driftete in nur ihm zugängliche Gefühlswelten ab. Aus diesen holte ihn jäh der melodische Klingelton eines Telefons zurück. Auf hohen Absätzen stöckelte eine Kollegin heran und hielt es Irina ans Ohr.

Irina löste ihre schaumbedeckten Hände von seinem Kopf und hielt sie tropfend über das Waschbecken.

Das Mädchen lauschte eine Weile, dann stöhnte sie auf.

»Warum? Warum denn nur? Sergey hat nichts getan! Er ist unschuldig! Können Sie ihm denn gar nicht helfen?«

Die Antwort musste höchst betrüblich ausgefallen sein, denn Irina schüttelte abwehrend den Kopf, drehte ihn weg vom Telefon und begann zu schluchzen. Die mit den hohen Absätzen gab ihr wortlos ein Taschentuch und stöckelte mit dem Telefon wieder davon.

Wer ist Sergey?, dachte Magnusson. Ihr Ehemann? Er richtete sich auf. Shampoo lief in kleinen schäumenden Bächen von seinem Kopf.

Das Mädchen wischte die Tränen ab, schnäuzte einmal kräftig und wandte sich wieder ihrem Kunden zu.

»Wer ist Sergey?«, fragte Magnusson.

»Sergey ist mein Brruuder. Mein großerr Brruder. Bitte entschuldigen Sie, Herr Magnusson. Meine privaten Sorgen gehören nicht hierher. – Waren Sie denn schon im Urlaub?« Mühsam versuchte Sie, ihre Beherrschung und jenen Plauderton wieder zu finden, wie er in den Friseurgeschäften üblich ist.

»Mein Urlaub interessiert mich im Moment überhaupt nicht. Ich möchte wissen, was Sie so aus der Fassung gebracht hat. Das da, eben am Telefon, war ein Rechtsanwalt. Stimmt's?«

Irina schaute in den Spiegel als schaue sie ins Nichts, dann traf ihr trauriger Blick seine Augen.

»Bitte, Herr Magnusson – ich muss den Schaum abspülen …«

Er blieb stur aufrecht sitzen.

»Sagen Sie mir, was Sie bedrückt. Na, los – Mädchen! Ich war Polizist, mich kann so leicht nichts erschrecken. Hat er Dummheiten gemacht, Ihr Brüderchen?«

Ihr hübsches Gesicht wurde ausdruckslos. Wie versteinert.

»Sergey sitzt in Hamburg in Untersuchungshaft. Er soll auf der ›Meta‹ eine Frau getötet haben.«

»Die ›Meta‹ ist ein Schiff, nehme ich an?« Er hatte sein Genick an den Rand des Waschbeckens gelegt und starrte an die Decke.

»Ja.«

Irina spülte den Schaum aus seinen Haaren, wand ein flauschiges Handtuch darum, trocknete seinen Kopf ab und griff nach der Schere. Magnusson entwendete diese ihren zitternden Händen, zog den nebenstehenden, gepolsterten Hocker näher heran und drückte das Mädchen mit sanfter Gewalt darauf.

»Sie sind mir ein bisschen zu aufgeregt, als dass ich die Schere heute in der Nähe meiner Ohren wissen möchte. Erzählen Sie mir mal genau, was da passiert ist. Ihr Bruder hatte eine Schiffsreise unternommen?«

»Nein. Sergey ist Bootsmann auf der ›Meta‹. Einem Frachtschiff. Containerschiff. So ein mittelgroßer Zubringer, der meist zwischen Skandinavien, Russland und Hamburg unterwegs ist. Sie bringen Container zu den großen Übersee-Schiffen.«

Das Brüderchen ist also Seemann, dachte Magnusson. Nur, wie soll er da eine Frau getötet haben – auf einem Frachtschiff? Vielleicht eine Prostituierte. Oder fahren Frauen neuerdings zur See?

»Wieso war eine Frau an Bord? Gibt es weibliche Matrosen?«

Irina schüttelte den Kopf. »Nein – keine weiblichen Matrosen. Die Frau hatte die Eigner-Kabine gebucht. So etwas geht. Die Frachtschiffe nehmen gegen Bezahlung Passagiere mit.«

Allmählich begann das Mädchen, Vertrauen zu ihm zu fassen. Vielleicht glaubte sie auch, er als ehemaliger Polizeibeamter könne etwas für den Bruder tun, jedenfalls fasste sie plötzlich nach seiner Hand und drückte sie heftig.

»Oh, Herr Magnusson, der Anwalt sagt, alle Indizien sprechen dafür, dass Sergey ein Mörder ist! Doch das ist er nicht! Mein Bruder kann keiner Fliege etwas zu leide tun. Ich schwöre Ihnen beim Leben unserer Eltern, dass Sergey niemals einen Menschen töten würde. Gibt es denn gar keine Möglichkeit, ihm zu helfen?«

Völlig verzweifelt blickten die hellen Augen hoffnungsvoll zu ihm auf.

Wenn dieser Sergey im Suff die Frau umgebracht hat, dachte Magnusson, kann er bei einem geschickten Verteidiger allenfalls auf mildernde Umstände hoffen, die Haftstrafe bleibt ihm nicht erspart. Seeleute sind keine Musterknaben. Dass die gerne mal einen zur Brust nehmen und hinterher manchmal nicht wissen, was los war, ist kein Geheimnis. Sofort tauchten vor seinem inneren Auge die Bilder einer verräucherten Hafenkneipe auf, in deren von schwachem Lichtschein erhelltem Halbdunkel eine wüste Schlägerei im Gange war. Na, und wenn dann zu diesen rauen Burschen eine Frau an Bord kam, war das Unheil praktisch vorprogrammiert. Von dieser dunklen Seite ihres Bruders wird Irina keinen blassen Schimmer haben.

»Erklären Sie mir, weshalb Sie so sicher sind, dass Ihr Bruder dazu nicht fähig ist.«

Statt ihm zu antworten, zog sie einen Schubkasten heraus, griff in ihre Handtasche und drückte ihm ein Foto in die Hand. Es war die Nahaufnahme eines jungen Paares mit einem Säugling. Die Frau auf dem Foto – eine Schönheit. Tiefschwarzes Haar umrahmte ein rassig geschnittenes Gesicht, in dem fast schwarze Augen glühten. Eine Tscherkessin. Das Kind in ihren Armen schlief. Der Mann daneben erinnerte Magnusson an einen Helden aus den russischen Märchen. Einer von denen, die der Sage nach von der Mutter zwölf Jahre lang gestillt wurden und daher ihre bärenstarken Kräfte entwickelten. Eine blonder Hüne mit breiten Schultern und unter dem Hemdenstoff sich abzeichnenden Muskelpaketen. Das Gesicht ein Gegensatz zu dem Bärenkörper. Magnusson blickten aus dem Foto zwei sanftmütige, honiggelbe Augen an. Er hatte im Polizeidienst gelernt, in Menschengesichtern zu lesen. Ein kaltblütiger Mörder war der hier jedenfalls nicht.

»Sergey liebt seine Frau und seinen Sohn über alles. Er trinkt nicht, weil er nur noch ein paar Jahre zur See fahren will und jeden Cent spart. Ich bin nicht so naiv wie sie vielleicht meinen, Herr Magnusson. Auf See kann alles mögliche passieren. Gerade wenn eine Frau an Bord ist.« Sie nahm ihm die Fotografie wieder aus den Händen und betrachtete sie liebevoll. »Aber ich lasse mir nicht einreden, dass er leichtfertig seine große Liebe und seine Freiheit aufs Spiel setzt. Sergey betet Jadwiga an. Ihn interessieren keine anderen Frauen.«

Jan presste die Lippen fest aufeinander. Dann sagte er mit gepresster Stimme:

»Helfen kann man ihm nur, indem man beweist, dass er es nicht war. Damit meine ich keine Unschuldsbeteuerungen seiner Schwester, die ihn als Seemann wohl in den letzten Jahren ohnehin nur für ein paar Tage gesehen hat, sondern unwiderlegbare Beweise seiner Unschuld. Oder man findet den tatsächlichen Mörder – dann wäre ihr Bruder auch frei.«

Irina sank völlig in sich zusammen. »Wie soll das gehen? Die Staatsanwaltschaft scheint völlig davon überzeugt zu sein, dass Sergey ein Mörder ist.«

Statt eine Antwort zu geben, griff Magnusson nach dem Fön, schaltete ihn ein und trocknete sein Haar selbst. Während dieser paar Minuten, in denen sie beide schwiegen, fasste er einen Entschluss.

»Wo liegt die ‚Meta' jetzt?«

Irina überlegte kurz. »Sie ist wieder auf See. Übermorgen laufen sie Bremerhaven an und danach Hamburg.«

»Gut. Haben Sie die Nummer der Reederei? Ich muss telefonieren.«

Er trat mit diesem komischen, weiten Friseurumhang vor die Tür. Sein Telefonat dauerte nicht lange.

Nach dem Gespräch packte Magnusson das Mädchen bei den Schultern.

»Wissen Sie was? Ich werde mich um die Angelegenheit kümmern. Mal schauen, ob ich etwas herausfinden kann, was Sergey nützt. Wenn ich etwas weiß, rufe ich Sie hier im

Salon an. Und Sie«, er hob ihr Kinn leicht an und blickte väterlich auf sie herab, »werden Ihren Bruder besuchen, ihm Mut machen und sich von ihm seine Version der Geschichte erzählen lassen. Das können Sie mir dann alles am Telefon berichten. Na??«

Irina senkte beschämt die Augen.

»Das kann ich doch nicht zulassen. Herr Magnusson! Sie wollen Zeit und Geld für mich und meinen Bruder investieren? Warum tun Sie das? Außerdem hat es eine kriminalpolizeiliche Untersuchung gegeben, die haben auf dem Frachtschiff alle vernommen, da werden Sie nichts Neues heraus bekommen.«

»Das lassen Sie mal meine Sorge sein. Stellen Sie sich einfach vor, Mordfälle sind so etwas wie ein Hobby von mir!«

Eine Sorge beschäftigte Magnusson, auch wenn er sich bei Irina nichts anmerken ließ. Wie nur sollte er Marlene beibringen, dass er kurz entschlossen übermorgen in Hamburg an Bord eines Frachtschiffes gehen würde und sie damit die nächsten Tage sich selbst überlassen bliebe? Etwas zögerlicher als gewöhnlich öffnete er die Wohnungstür.

Moppel, sein Beagle, umkreiste ihn sofort, misstrauisch das aus dem Friseursalon mitgebrachte Duftgemisch erschnuppernd.

»Also wie frisch geschnitten sieht das nicht gerade aus.« Kritisch fuhr Marlene durch seinen Schopf.

Jan beschloss, den Stier bei den Hörnern zu packen.

»Nein, ist es auch nicht. Irina konnte nicht. Ich muss sowieso auf See und da trägt man meist Pudelmützen.«

Marlene sagte eine Weile gar nichts und schlug nur verwundert mit den Lidern.

»Aha – auf See musst Du?«, meinte Sie dann, jedes Wort betonend.

»Ich will mal mit so einem Frachtschiff fahren. Das habe ich noch nie gemacht.«

Marlene bedachte ihn mit einem Psychiaterblick. »Das ist Dir heute beim Friseur plötzlich bewusst geworden?«

»Setzen wir uns.« Er legte seinen Arm um sie und führte sie zur Couch.

Er schilderte ihr Irinas Nöte und seine Absicht, an Bord der »Meta« mit Hilfe seiner Berufserfahrung vielleicht irgend etwas Entlastendes für ihren Bruder heraus zu bekommen.

Marlene nickte schließlich. »Gut. Aber es ist nicht nur der pure Altruismus der Dich treibt, Jan. Du bist wie ein alter Jagdhund, der sein Leben lang Fährten nachgespürt hat und dessen alte Knochen sich automatisch in Bewegung setzen, wenn er Witterung aufnimmt.«

Jan musste nichts mehr erklären. Marlene kannte ihn besser, als er sich selber.

Hamburg – Hafen

Jan Magnusson war mit dem Zug nach Hamburg gekommen. Einmal, weil er die Fahrt für seine Überlegungen zu dem Fall nutzen wollte, außerdem war es wesentlich entspannender, auf diese Art zu reisen. Er stieg in St. Peter-Ording in die Bahn, kam kurze Zeit später in Husum an, wo der Zug nach Hamburg auf dem Nebengleis bereit stand und schon fuhr er, bequem sitzend, seinem Ziel entgegen. Kein mühsames Gekurve durch die Hamburger Innenstadt. Das überließ er gerne den Taxifahrern.

In Altona angekommen, winkte er nach einem Taxi und nannte dem Fahrer die Adresse des Seemannsheimes. Wie vorausgesehen, quälten sie sich durch einen streckenweise stockendem Verkehr.

Das Seemannsheim befand sich direkt am Hafen und praktischer Weise nur ein paar Schritte von der »Haifischbar« entfernt. Die Seeleute konnten also beides vor Augen haben: Ihr Vergnügen und ihren Arbeitsplatz. Aus den Fenstern des Seemannsheimes sah man, wann einer der großen Pötte mit Containern voll beladen war. Die Männer konnten ihre Rückkehr an Bord genau planen.

Magnusson buchte bei dem jungen Mann an der Rezeption eine Übernachtung und trug seine Reisetasche die Treppe hinauf. Er hätte auch den Fahrstuhl nehmen können, hielt es aber für ratsam, sich bereits jetzt an die Treppensteigerei zu gewöhnen. Auf dem Schiff würde er ständig von einem Deck zum anderen steigen müssen.

Frachtschiffe waren keine Luxusdampfer – es gab keine Fahrstühle.

Er holte die Reiseunterlagen aus seiner Tasche und studierte die Hinweise.

Sie hatten ihm die Handy-Nummer des Kapitäns beigelegt. Bei dem solle er sich umgehend melden. So erführe er den Liegeplatz des Schiffes. Der Hamburger Hafen war einer der größten der Welt. Für einen mit der Seefahrt nicht Vertrautem stellten die Hafenanlagen ein unübersichtliches Wirrwarr von Terminals, Containern, Schiffen, Ladekränen und dazwischen pausenlos hin- und herfahrenden Fahrzeugen dar. Er fragte sich, warum er nie von sich aus auf die Idee gekommen war, so eine Reise zu buchen. Es ging ja völlig problemlos. Er hatte die Reederei angerufen und die hatten ihm sofort bestätigt, dass auf der »Meta« die Eignerkabine frei sei. Einen Tag später kam von einem darauf spezialisierten Reiseunternehmen die Buchungsbestätigung.

Magnusson war an der Küste zu Hause, das Vorbeiziehen der großen Pötte am Horizont ein gewohntes Bild. Nur der Wunsch einzusteigen, einmal um die Welt zu reisen, war nie bei ihm aufgetaucht. Kein Fernweh? Vielleicht lag es daran, dass er sich frühzeitig beruflich festgelegt hatte und sein erklärtes Ziel die Polizeiausbildung war. Oder lag es an Sabine? Der wäre ein Seemann mehr als ungelegen gekommen, zumal sich schon bald Nachwuchs ankündigte. Nun saß er hier im Seemannsheim und wartete auf das

Auslaufen seines Schiffes. Sechzig Jahre alt musste er werden, um das erste Mal wirklich – also nicht mit den üblichen Touristendampfern -, zur See zu fahren. Eigentlich ein kleines Abenteuer, was ihm der Zufall da bescherte. Was heißt Zufall – Marlene würde das ganz anders interpretieren. Er schloss die Augen und konnte Marlenes Stimme hören, ganz so, als wäre sie hier wirklich bei ihm: »Die Götter erfüllen kein Träume, Jan. Aber sie schenken uns Unerwartetes. Freue Dich an dem Unerwarteten!«

Ob das nun göttlicher Gnade zu verdanken war, dass er nun doch noch ein bisschen Seefahrerromantik kombiniert mit kriminalistischer Ermittlungsarbeit erleben durfte, sei dahingestellt, dachte Jan. Er, mit seiner nüchternen Sicht der Dinge, wollte es lieber weiter Zufall nennen. Eben jener Zufall hatte ihm vor einem Jahr diese schöne, warmherzige und kluge Frau in den Weg gestellt. Als sie ihn heiratete, nahm sein Leben eine Wendung zum Glück, mit dem er nicht mehr gerechnet hatte, ja, von dem er vorher nicht einmal wusste, dass es so ein gehobenes Lebensgefühl überhaupt gab. Das Merkwürdigste daran – von den anderen nicht mehr für möglich gehaltenen Freuden einmal abgesehen -, war die plötzliche Furchtlosigkeit vor dem Tod. Selbst wenn er morgen sterben würde, er wusste, es gab nichts, was er verpasst haben könnte. Er hatte die Liebe seines Lebens gefunden. Sein Leben war vollkommen, da gab es nichts mehr hinzuzufügen. Der Zufall war sein Freund.

Magnusson lächelte mit geschlossenen Augen. Er war sich dessen nicht bewusst. Solcherart Gefühlsduseleien, wie er es nannte, waren seine Sache nicht. Ich bin eben ein ruhiger, norddeutscher Typ, sagte er gelegentlich zu Marlene, wenn sie seine Beherrschung in innigen Momenten belächelte. Nur manchmal, wenn ihm ganz plötzlich die Angst beschlich, dieses Glück könne sich verflüchtigen, zog er sie heftig an sich, legte seine Hand an Marlenes Wange und sie strich beruhigend über diese Männerhand, deren Zittern ihr mehr von seinen Gefühlen für sie verriet, als wortreiche Liebeserklärungen.

Draußen, im Hafen, tutete ein Schiff. Magnusson trat an die große Fensterfront. Vor ihm lag der Terminal CTT Tollerort, daneben der Burchardkai. Dahinter eine unüberschaubare, verwirrende Anzahl von Hafenanlagen. Eurogate, Hansaport, Altenwerder, Waltershof und, und, und … Darüber hinweg die Köhlbrandbrücke. Fast schwebend. Ein grandioser Blick. Gegenüber ein Kreuzfahrer im Trockendock von Blohm und Voss. Einmal mit so einem Dampfer über den Atlantik nach New York, wünschte er sich plötzlich. Er war noch niemals in New York, auch die Westküste der USA sah er leider nicht. Überhaupt – wenn er es recht bedachte, was hatte er denn schon groß von der Welt gesehen? Außer den alljährlichen Familienflugreisen zu einem südlichen Strand kannte er fast nichts. In Paris war er einmal, vor der Zeit mit Sabine. Aber sonst? Die Verantwortung für die Familie, der Beruf, hatten immer Priorität. Wäre es nicht an der Zeit, sich diese Welt, die er in unbestimmter, aber nicht mehr allzu ferner Zeit wieder würde verlassen müssen, etwas genauer anzuschauen?

Der von ihm eben noch gerühmte Zufall eine Aufforderung des Lebens an ihn? So nach dem Motto: Mensch, leb' noch mal richtig, bevor es in die Grube geht!

Schweißbrenner blitzten auf. Nachts musste der Blick auf den Hafen noch überwältigender sein. Der pausenlose Betrieb, die vielen Lichter ... Er wählte die Nummer des Kapitäns der »Meta«. Von ihm sollte er Liegeplatz und Einschiffungszeit erfahren.

»Pavel Korygin«, meldete sich eine Männerstimme mit unverkennbar russischem Akzent.

»My name is Magnusson. Jan Magnusson«, stellte er sich vor. »I'm the new passenger.«

«Do you speak german?«, fragte die Männerstimme zurück. Magnusson stellte sich hinter dieser Stimme einen Mann vor, der so etwa um die Vierzig sein musste. Ein schwarzhaariger Russe mit drahtigem Körperbau.

»Yes, Sir.«

»Sie können deutsch mit mir sprechen. Wir löschen zurzeit in Bremerhaven. Die ›Meta‹ macht voraussichtlich morgen Nachmittag gegen 14.00 Uhr am Containerterminal CTA Hamburg fest. Das ist Altenwerder. Sie müssen spätestens ...«, Magnusson hörte ihn in Papieren blättern, » ... spätestens 17.00 Uhr hier an Bord sein. Verstanden?«

»Verstanden. Ich werde pünktlich sein.«

Vor Magnusson lag eine Nacht im Seemannsheim und ein halber Tag in Hamburg.

Der nächste Morgen weckte ihn mit strahlendem Sonnenschein. Das große Containerschiff am Burchardkai war über Nacht in sieben Lagen hoch mit Containern beladen worden. Bereit zum Auslaufen. Die Handelsschifffahrt erholte sich langsam von der Wirtschaftskrise. Der Hafen schlief nie. Betrieb rund um die Uhr. Jeder Reeder war aus wirtschaftlichen Gründen gezwungen, die Liegezeiten so kurz wie nur irgend möglich zu halten. Bedauerlich für die Seeleute. Niemals mehr würde es so wie früher sein, als tollkühne Matrosen die Vergnügungsviertel der Hafenstädte stürmten. Heutzutage sahen die Seeleute kaum etwas von den Ländern, die sie anliefen. Die gigantischen Cargo-Schiffe verlangten nach tiefen Häfen und diese entstanden meist weit entfernt von den Städten. Für die paar Stunden, die Laden und Löschen heute noch dauerten, lohnte sich nicht mal der Ruf nach einem Taxi.

Magnusson wischte sich den Schlaf aus den Augen und rieb seine schmerzenden Schläfen. Zuviel getrunken gestern Abend. Er war aus Bequemlichkeit im Seemannsclub zum Essen geblieben. Das war gut und günstig. Ihm gegenüber ein hünenhafter Schwede und zwei bärtige Polen. Der Schwede war Steuermann und die beiden Polen Maschinenleute. Ein Trupp Philippinos vertrieb sich die Zeit mit Billard. Dem Schweden war deren Geschwafel wohl zu laut, denn er blickte nach dem Essen seine beiden Maschinen-Piepel fragend an und murmelte etwas von …
»… Bar?« Als sie aufstanden, forderte einer der beiden

Polen Magnusson mit einladender Kopfbewegung zu Mitkommen auf.

In der Bar stickige Luft. Krachend voll, auf den Holzbänken saßen die Gäste eng zusammengerückt. In der Ecke spielte einer Seemannslieder auf seinem Akkordeon. Ein zahnloser Alter suchte lückenhaft nach dem Text von »La Paloma«.

Die Polen begannen mit Wodka, den sie in Wassergläsern bestellten. Sie luden ihn ein und als Jan sich mit Whisky revanchierte, fragte er sich, wie er wohl von dieser Bank jemals wieder hoch kommen sollte. Einen Schlummertrunk wollte er nehmen, statt dessen schien es auf einen Exzess hinauszulaufen. Auf englisch erzählten seine Begleiter von ihrem Schiff, dass morgen nach Südamerika auslaufen soll. Magnusson vermochte dem Gespräch nur noch lückenhaft zu folgen. Merkwürdigerweise zeigte der Alkohol bei den Seeleuten keine erkennbare Wirkung. Magnusson hätte es zum Abendbrot ihnen gleichtun sollen und statt der Bratheringe ebenfalls Schweinebraten ordern sollen. Der Schwede bestellte nun seinerseits Whisky und Magnusson nutzte einen schwankenden Toilettenbesuch, um sich mit nassen Händen den Kopf zu kühlen. Relativ wirkungslos, denn als er an den Tisch zurückkehrte, nahm er die Seeleute nur noch wie durch einen Nebel wahr. Vor weiterem Unheil schützte ihn nur das Auftauchen einer Dame mit überlangem, bis zum unteren Rücken reichenden schwarzem Haar. Sie legte dem Steuermann vertraulich die Hand auf den Unterarm und flüsterte ihm etwas zu. Diese war nun nicht gerade eine wirkliche Dame, jedoch schien sie dem Schweden recht zu sein. Der vergaß seine beiden Polen samt Magnusson und begann sogleich mit ihr zu palavern. Es dauerte nicht lange, dann waren sie offensichtlich handelseinig. Er stand auf, griff nach seiner Lederjacke und folgte der Bordsteinschwalbe. Jan nutzte die Gunst des Augenblicks und erhob sich ebenfalls. Gerade noch rechtzeitig, wie er bemerkte, denn der eine Maschinenmann hatte aus Frust darüber, von seinem Steuermann der weiblichen Gunst beraubt worden zu sein, wieder Wassergläser voll Wodka geordert, deren Genuss bei Magnusson zu einer mittelschweren Alkoholvergiftung geführt hätte. Mit dem, was er bereits im Blut hatte, hangelte er sich unsicheren Schrittes am Geländer die Stufen zum Seemannsheim hinauf. Dann musste er mit dem Fahrstuhl mehrmals auf und ab fahren, weil er sich nicht an die Etage seines Zimmers erinnern konnte. Glücklich, es schließlich doch noch gefunden zu haben, fiel er, so wie er war, auf sein Bett, streifte die Schuhe ab und lachte. Dann wusste er nichts mehr.

Er schaute an sich herunter, den Kopf schüttelnd über zerknitterte Hosenbeine und verschwitztes Hemd, grinste vergnügt, zog sich alles vom Körper und stellte sich unter die Dusche. Das Dröhnen in seinem Kopf blieb. Eine halbe Stunde später trat er, frische Brötchen und einen extra starken Kaffee im Magen, auf die Straße. Wenn ihm schon ein halber Tag Hamburg geschenkt wurde, wollte er ihn auch für einen Bummel nutzen.

Vorbei an der Fischauktionshalle und den glasfunkelnden Fassaden der neuen Bauten direkt am Elbufer bewegte er sich zügig, gierig die frische Luft vom Wasser inhalierend. Seinem Kopf bekam das sehr gut. Die Kopfschmerzen waren verflogen, als er über die Landungsbrücken flanierte. Die Angebote zu einer Hafenrundfahrt lehnte er kopfschüttelnd ab. Für ihn ging es ja heute noch richtig auf See. Er strebte zum »Michel«, wollte sich die frisch renovierte Kirche anschauen. Auf dem Rückweg legte er bei den Landungsbrücken einen Stop ein, holte sich Currywurst und Bier zu seinem Freisitz mit Blick auf den Hafen. Der emsige Verkehr dort, das Hin und Her von Fähren, Ausflugsdampfern, Schaufelraddampfer und Frachtschiffen, dazu die direkt vor ihm flanierenden Touristen, boten dem Auge immer neue Attraktionen. In die Mittagssonne blinzelnd, beschloss Magnusson, hier nicht so bald wieder aufzustehen. Er traute seinen Augen kaum, als sich – direkt vor ihm – ein mittelgroßes Containerschiff seinen Weg zwischen all dem kleinen Schiffsverkehr bahnte. Am Bug stand groß und deutlich: »Meta«.

An Bord

Der Fahrer winkte beruhigend ab.

»Wir kennen den Hafen wie unsere Westentasche. In zwanzig Minuten sind Sie an Bord.«

So schnell ging es dann doch nicht. Der Pförtner am Container Terminal kontrollierte Pass und Einschiffungspapiere, dann suchte er mit der Kamera den Hafen nach der »Meta« ab.

»Tut mir leid, aber hier liegt kein Schiff mit diesem Namen!«

»Doch.« Magnusson blieb hartnäckig. »Ich habe die »Meta« vor drei Stunden selbst einlaufen sehen – sie muss hier liegen!«

Der Pförtner ging zu einem anderen Monitor, zoomte einen Frachter heran und nickte bestätigend.

»Sie hatten recht. Hier liegt sie. Gute Reise, Herr Magnusson. Ziehen Sie Ihre Warnweste an und bewegen Sie sich vorsichtig im Hafengelände. Nicht unter schwebenden Lasten laufen! Unser Shuttle-Service bringt Sie hin.«

Magnusson zahlte das Taxi, ging mit seiner vorgeschriebenen Warnweste zur Pier und blieb unschlüssig vor der Gangway der »Meta« stehen. Die Agentur gab mittels Handzetteln so eine Art Verhaltenskodex für Passagiere auf Frachtschiffen heraus. Für ihn hieß das, Gepäck unten stehen lassen und beim nächstbesten Mann der Besatzung melden. Er stieg die schwankende Gangway hinauf und sah sich suchend um. Vor einem offenen Schott hantierte ein philippinischer Seemann herum, der freundlich lächelnd aufsprang, als er den Mann hinter sich bemerkte.

»Hello! I'm the new passenger. Please show me the way to your captain!"

Der Seemann nickte verstehend und verschwand. Wer wenige Minuten später erschien, war nicht der Kapitän, sondern ein blutjunger Bursche mit kahl rasiertem Schädel. Er steckte in einer ölbeschmierten, orangefarbenen Kombi.

»Willkommen an Bord, Herr Magnusson. Ich bin der Zweite Offizier. Der Kapitän hat momentan keine Zeit. Die Ladung hat immer Priorität. Nennen Sie mich bitte Nikolay«, sagte er mit unverwechselbar russischem Akzent. Er bedeutete Magnusson mit einer Handbewegung, ihm zu folgen.

»Moment, mein Gepäck …« Jan hastete die Gangway hinab, aber dort unten stand keine Reisetasche mehr. Er hörte Schritte über sich und sah, wie der Philippino von vorhin in atemberaubender Geschwindigkeit seine schwere Tasche über die Außentreppe hoch schleppte. Na, das nenn' ich mal Service, dachte Magnusson und beeilte sich, den ihm vorauseilenden Nikolay auf den Fersen zu bleiben. Sie schritten durch das geöffnete Schott, liefen einen langen Gang entlang, kamen zu einem Treppenhaus und stiegen viele Treppen nach oben. Dort bog Nikolay wieder in einen Gang ein und öffnete schließlich eine Kabinentür. Seine Reisetasche war schneller als Magnusson gewesen.

Als er sich umdrehte, um sich bei dem Matrosen und Nikolay zu bedanken, waren beide verschwunden.

Die von ihm gebuchte Eignerkabine war nicht mit einer Luxuskabine auf Kreuzfahrern vergleichbar, dennoch mehr, als Magnusson hier erwartet hätte. Der großzügig geschnittene Raum verfügte über drei bulleye, von denen sich das zur Steuerbordseite gelegene mittels großer Messing-Korb-Muttern öffnen ließ. Erfreulich, wenn auch jetzt, im späten Frühling, noch nicht mit allzu großer Hitze zu rechnen war. Bei dem Nordkurs, den das Schiff fuhr, sowieso nicht.

Das Bett sah aus wie ein Kasten, wies aber immerhin die stattliche Breite eines Doppelbettes auf. Neben dem Bett befand sich eine grün gepolsterte Sitzbank, auf der anderen Wandseite ein großer Schreibtisch mit darüber aufgehängter, in poliertem Messing glänzender Schiffsuhr. Vor dem Schreibtisch ein Stuhl. Die beiden anderen Wände boten Platz für einen Schrank, daneben die Tür zur Dusche samt WC. Jan öffnete den Schreibtisch und fand einen winzigen Kühlschrank. Er räumte die mitgebrachten Bierflaschen dort ein und legte auch gleich seine Kleidung in den Wandschrank. Viel brauchte er nicht. Jeans, ein paar Hemden, Wäsche und eine warme Jacke. Er dachte an die vorherige Bewohnerin dieser Kammer und dass sie diese Reise nicht überlebte. Zunächst musste er heraus bekommen, wer die Frau war und was sie bewog, allein unter lauter Männern so eine Reise zu buchen.

Im Seitenfach seiner Reisetasche fand er eine ihm unbekannte Medikamentenpackung vor. Darauf klebte ein kleiner Zettel mit Marlenes Handschrift: »Nur für den Fall, dass es unterwegs mal stürmisch wird!« Tabletten gegen Reiseübelkeit. Ob das Zeug dann wohl half? Er erinnerte sich an eine Ausflugsfahrt bei grober See nach Helgoland. Kaum einer, der bei dieser Fahrt nicht kotzen musste.

Vielleicht wurde es ja diesmal nicht so schlimm. So ein Containerschiff liegt doch ganz anders in der See als ein leichter Passagierdampfer, beruhigte er sich. Magnusson steckte seinen Kopf zum bulleye hinaus. Draußen hievte der Kran pausenlos Container an Bord. Bei jedem krachendem Aufsetzen schwankte das Schiff etwas hin und her. Zwischen den Ladeluken sah er Nikolay mit Frachtpapieren in der Hand herumlaufen. Wenn er diesem kahl rasierten Jungen mit dem Kindergesicht auf der Straße begegnet wäre, er hätte ihn für einen Oberschüler, niemals für den Zweiten Offizier eines Frachtschiffes gehalten. Wieso durften neuerdings Knaben zur See fahren? Als Seeleute hatte er sich wind- und wettergegerbte raubeinige Burschen vorgestellt, so wie die Typen vom Vorabend, nicht so einen Baby-Officer.

Ob der Rest der Besatzung ebenfalls an Minderjährige erinnerte? Bei dem Philippino, der seine Tasche so schnell hier hoch schleppte, wunderte er sich über dessen Jugendlichkeit nicht. Die wirkten alle weit jünger, als sie an Jahren waren.

Magnusson wollte das Schiff erkunden und nebenbei herausfinden, wann es wohl Abendbrot geben würde. Sein Magen knurrte vernehmlich.

Er stieg das Treppenhaus wieder hinunter. So weit, bis er im Bauch des Schiffes angekommen war. Wenn er richtig gezählt hatte, gab es fünf Decks, darüber die Brücke. Jetzt befand er sich unter der Wasserlinie, die »Meta« war fast voll beladen und wies entsprechenden Tiefgang auf. Hier, ganz unten, befanden sich der Store, die Offiziersmesse, die Mannschaftsmesse, die Kombüse, außerdem eine Schleuse, wo die Matrosen sich ihrer schmutzigen Overalls entledigten und ein Waschraum mit Waschmaschine und Trockner.

In der Kombüse standen brodelnde Töpfe auf dem Herd, vom Smutje keine Spur. Auch die Offiziersmesse lag verwaist. Den Blick in die Mannschaftsmesse sparte er sich. Wenn die people hier beim Abendbrot säßen, wäre etwas zu hören. Statt dessen – Stille. Keiner schien Hunger zu haben. Wahrscheinlich befahl der Kapitän, erst die Ladearbeiten abzuschließen, bevor er Abendbrot gestattete.

Magnusson kletterte ein Deck nach oben, öffnete das Schott und stand an der Außentreppe. Von den Luken drang lauter Wortwechsel zu ihm her, offensichtlich gab es Unstimmigkeiten mit den Hafenarbeitern. Direkt vor ihm das orangefarbene Rettungsboot der »Meta«. Es war eines von diesen modernen, geschlossenen Typen, in denen die Besatzung im Notfall, rückwärts sitzend, aus großer Höhe in rasanter Talfahrt herab auf die See schoss. Magnusson verdrängte den Gedanken an eine eventuelle Notlage schnell wieder. In diesem Rettungsboot würde sich ihm garantiert der Magen umdrehen. Man musste ja nicht immer gleich mit dem Schlimmsten rechnen. Über den Grätings der Steuerbordseite hing noch ein kleineres, herkömmliches Rettungsboot an den Haken. Er hegte die Hoffnung, im Notfall hier einsteigen zu dürfen. Seinen geplanten Rundgang über das Schiff musste er auf später verschieben. Während der Ladearbeiten durfte er nicht einmal in die Nähe der Luken kommen. Also blieb er auf den Grätings der Außentreppe stehen und überdachte seine weitere Vorgehensweise.

Angenommen, Irinas Unschuldsvermutung traf auf den Bruder zu, dann war einer der noch an Bord befindlichen Seeleute ein Mörder. Die Möglichkeit eines Unfalls verwarf Magnusson. Die werden das ausgeschlossen haben, bevor sie Sergey verhafteten. Dumm, dass er über so gut wie keine Informationen zu dem Fall verfügte. Er wusste noch nicht einmal, wie die Frau ermordet wurde. Noch nicht.

Als er die Messe zum zweiten Mal betrat, waren alle – bis auf Nikolay, der Wache hatte –, am Tisch versammelt. Der Koch, ein Philippino, folgte Magnusson und wies ihm einen Stuhl an der Längsseite der Tafel zu. An der Stirnseite links von ihm hockte ein kräftig gebauter Grauhaariger mit wachen Augen. Anscheinend der Älteste hier an Bord. Jan schätzte ihn auf Anfang Fünfzig. Die andere Stirnseite nahm ein nur wenige Jahre jüngerer, auffallend gut aussehender Seemann ein. Ebenmäßiges Gesicht und rötlich schimmerndes, dunkelblondes Haar. Sieht aus wie ein amerikanischer Schauspieler, dachte Magnusson. Verdammt, wie hieß der Typ doch gleich? Es fiel ihm nicht ein. Der Mann zu seiner Rechten erfüllte alle Klischeevorstellungen von einem zur See fahrenden Russen. Er trug das Ringel-Shirt der Schwarzmeerflotte-Matrosen, seine dunklen Locken hingen ihm wirr in die Stirn und auf seinem muskulösen Unterarm prangte ein prächtiges, tätowiertes Segelschiff. Auf der Bank der gegenüberliegenden Längsseite saß ein jüngerer Mann mit kurzem dunkelblonden Haar und Nickelbrille. Wie ein Seemann wirkte der nicht, eher wie ein Informatikstudent.

Sie blickten kurz hoch, als er sich vorstellte, sagten ebenfalls ihre Namen, dann beugten sie die Köpfe wieder über die Suppe. Keiner von Ihnen trug Uniform oder irgendwelche Rangabzeichen. So üblich bei der Handelsschifffahrt, da ist legere Kleidung angesagt. Der Koch erschien mit einem Teller für Magnusson, der setzte sich und begann ebenfalls zu löffeln. Keiner sagte ein Wort, doch Jan spürte, dass ihn der Grauhaarige links trotz des gesenkten Kopfes aus den Augenwinkeln beobachtete. Schließlich legte der seinen Löffel weg, fixierte Magnusson direkt und sagte:

»Wir haben miteinander telefoniert.«

Verflucht, dachte Jan, ich habe mich so in die Vorstellung von einem drahtigen, dunkelhaarigen Kapitän verrannt, dass ich sicher war, der befände sich zur Zeit auf der Brücke.

»Entschuldigen Sie, Sir. Ich hatte keine Gelegenheit, mich bei Ihnen zu melden.«

Kapitän Korygin winkte lächelnd ab. »Lassen Sie die Förmlichkeiten. Nur wenn Leute auftauchen, die nicht zu unserer Besatzung gehören, erwarte ich die entsprechenden Respekterweisungen. Für die Dauer dieser Reise stehen Sie auf der Mannschaftsliste und verhalten sich gefälligst so, wie das meine Leute auch tun. Im Klartext: «The captain's word is law«. Nun rutschte Magnusson doch wieder ein «Ja, Sir", heraus. Die Hierarchie an Bord forderte keine Verrenkungen von ihm. Ein Polizist war an Befehlsgewalt gewohnt.

Korygin sprach sehr gut deutsch. Auf Magnussons diesbezügliches Kompliment antwortete er: »Ich fahre nicht erst seit gestern für deutsche Reeder und ich habe meine Jungs immer dazu angehalten, die Sprache des Arbeitgebers zu erlernen. Es kann durchaus von Nutzen sein, den Arbeitsvertrag ohne Dolmetscher zu lesen.«

Er stellte ihm die Offiziere vor:

»Nikolay kennen Sie schon – der hat Wache von 16.00 bis 20.00Uhr. Der gut aussehende Seemann mir gegenüber ist der Erste Offizier – Grigoriy. An Ihrer Seite der Chief – Volodya. Der Zweite Ingenieur sitzt Ihnen gegenüber – Alexander. Unser Bootsmann Aaron ist Philippino und speist mit seinen vier Matrosen in der Mannschaftsmesse. Sie heißen Gil, Robert, Francis und William. Wie Sie sehen, besteht die Mannschaft aus Philippinos, wir Offiziere sind Russen.«

Der phillipinische Koch tauchte, beladen mit Tellern voll geschnittener Wurst, wieder auf.

»Ach,« sagte Korygin grinsend, »unser wichtigster Mann an Bord! Wenn Sie mal ein extra Spiegelei oder so wollen . . . John Wayne macht alles möglich.«

»John Wayne?«

»Ja, wir nennen ihn so, wegen seiner Gangart. John genügt auch.«

Magnusson hätte gern gefragt, warum denn der russische Bootsmann nicht mehr an Bord war, aber er sah ein, dass es für die Fragerei noch zu früh war, er sollte besser mit den Seeleuten erst mal warm werden.

Er griff nach dem Beutel, welchen er mitgebracht und an seine Stuhllehne gehängt hatte und holte eine Flasche »Glennfiddich« hervor. Bester schottischer Whisky. Na ja, nicht *der Beste*, aber trinkbar.

»Ich dachte, so als Einstand an Bord . . . ein kleiner Umtrunk . . . ?«

Sekundenlang herrschte Stille, die Bestecke schwebten über den Tellern, keiner bewegte sich. Der Kapitän brach das Schweigen.

»Tut mir leid, Herr Magnusson. Eine nette Geste von Ihnen und unter anderen Umständen … jederzeit, nur … hier an Bord herrscht ein absolutes Verbot von Hochprozentigem. Ab und zu ein Bier ist genehmigt – mehr nicht. Wir haben das alle beim Reeder unterschrieben.«

Magnusson zuckte ergeben mit den Schultern.

»Tja, da kann man nichts machen. Befehl ist Befehl. Ich werde den Whisky nach dem Auslaufen einfach in die See kippen. Soll Neptun gewogen machen und vor Schlechtwetter schützen – habe ich jedenfalls gehört.«

Das Auflachen der Männer entspannte die Situation sichtlich.

»Was treibt Sie eigentlich auf See?«, wollte der Kapitän wissen.

»Ich bin in den Ruhestand versetzt worden. Bin in meinem Leben nicht viel herum gekommen und würde mir gern noch mal die Welt anschauen.« Das war nicht gelogen. »Diese Reise dachte ich mir gewissermaßen als Einstieg. Kleine Fahrt zum Eingewöhnen.«

Korygin schüttelte missbilligend den Kopf. »Davon kann ich Ihnen nur abraten. Heutzutage sehen Sie nichts mehr. Nur Häfen und die gleichen sich überall auf der Welt. Viel zu kurze Liegezeiten, weitab von den Städten. Früher konnte man wenigstens an Land und was erleben. Vor zwanzig Jahren, ja, da war das noch ein Vergnügen, nicht wahr Grigoriy?«

Grigoriy hielt es nicht für nötig, zu antworten, grinste aber versonnen.

»Was haben Sie den früher gemacht, im Berufsleben?«, fragte der Kapitän.

»Ich war im öffentlichen Dienst.«, antwortete Magnusson ausweichend.

»Also im Büro?«

»Ja, zuletzt überwiegend im Büro.« Das war nicht mal gelogen, fand Jan.

Nachdem John Wayne den Tisch abgeräumt und die Obstschale darauf gestellt hatte, langte der Kapitän nach einem Apfel und wies einladend auf die frische Ware. »Bedienen Sie sich, Herr Magnusson. Wäre doch zu schade, wenn Sie auf unserem Törn dem Skorbut zum Opfer fielen.«

Magnusson presste die Lippen fest aufeinander. Bei dem Stichwort »Opfer« hätte er gern eingehakt. Doch es war dafür zu früh. Dieser Kapitän wirkte nicht gerade wie einer, der sich leicht aushorchen ließ. Magnusson musste zuerst sein Vertrauen gewinnen. Korygin streckte die Beine in seiner Ecke von sich, lehnte sich zurück, nahm die Fernbedienung und schaltete seinen heimatlichen Fernsehsender ein. »Goworit Moskwa« fesselte die Aufmerksamkeit der Russen. Ihr Passagier lauschte eine Weile den fremdartigen Stimmen der Nachrichtensprecher, dann erhob er sich, nahm eine Kiwi aus dem Obstkorb und marschierte mit seinem Whisky wieder treppaufwärts.

In seiner Kammer holte er eine Flasche Bier aus dem Kühlschrank und stieg die Treppe hoch. Auf dem darüber liegendem Deck befand sich die Unterkunft des Kapitäns und die Kammer von Grigoriy, dem Ersten. Ein weiterer Raum trug die Bezeichnung »Hospital« als Beschriftung. Magnusson verließ den Gang wieder und nahm die letzte Treppe. Als er die Tür vor dieser Treppe öffnete und den Fuß auf die unterste Treppenstufe setzte, erlosch die Deckenbeleuchtung und eine rote Lampe beleuchtete den Aufgang. Verdutzt starrte Jan auf das Rotlicht über seinem Kopf, dann begriff er.

Hell-Dunkel-Adaptation. Die Augen des Kapitäns sollten sich bei Nacht schon auf der Treppe an die Dunkelheit anpassen können, falls schnelles Handeln nötig wurde. Gespannt nahm er die letzten Stufen. Schließlich betrat er zum ersten Mal in seinem Leben die Brücke eines Containerschiffes.

1. Seetag

Am Morgen erwachte Magnusson erst spät. Mühsam rekapitulierte er die Ereignisse des Vorabends.

Wie erwartet, fand er Nikolay als Wachhabenden auf der Brücke vor. Er drückte ihm wortlos die Flasche Bier in die Hand und deutete nach Erklärung suchend auf die zahlreichen Instrumente des Brückenstandes. »Alles voll elektronisch und computergesteuert?«

»Spassibo. Das trinke ich später, nach Feierabend.« Der junge Offizier stellte das Bier weg und winkte Magnusson näher heran. Dann erklärte er ihm die Ausstattung des weitläufigen Ruderhauses. Joystick, Ruderlageanzeiger, Kreiselkompass, Radarschirme, Funk und die Sprechverbindung zur Back. Automatische Steueranlage. Nikolay betonte, dass diese auch bei schwerer See und heftigem Wind das Schiff auf Kurs halte. Eingeschaltet werde sie, sobald die »Meta« freie See erreiche. Seine Hände glitten weiter zum Flachlot, daneben der Anzeiger des Tieflotes, welches bis zu einer Tiefe von tausend Meter hinab reiche. In der Ostsee völlig unwichtig, meinte der Junge, die gleiche mehr einer überschwemmten Wiese – viele Flachwasserbereiche. Lediglich oben im Skagerrak, in der norwegischen Rinne, gehe es etwa 700 Meter in die Tiefe.

»Der Kartentisch. Hier liegt die jeweils aktuelle Seekarte auf. Brauchen wir aber bald nicht mehr.« Magnusson schaute irritiert dem Jungen direkt ins Gesicht. Wollte der Kerl ihn veralbern? Ein Schiff ohne Seekarten? Nikoley verzog keine Miene. Bei Gelegenheit mal Korygin fragen, nahm Magnusson sich vor. Er betrachtete versonnen Zirkel und Winkel und fragte sich, ob der Junge wohl fähig wäre, beim Ausfall sämtlicher Instrumente korrekte nautische Berechnungen von Hand anzustellen. Doch der würdigte die schön gedruckte Seekarte bereits keines Blickes mehr und ging weiter zum Schalter für die Navigations- und Deckslichter. Schließlich drehte er sich um und zeigte auf die merkwürdigen Kästen an der Rückwand des Brückenraumes. »Manche Passagiere haben schon gefragt, ob da Brieftauben rein kommen . . . «, er griente, sein Gesicht wirkte noch jünger und der Eindruck, von einem Schuljungen unterwiesen zu werden, verstärkte sich wieder bei Magnusson. »Und – was ist wirklich drin?«

»Die Nationalitätenflaggen und die Signalflaggen. Wenn wir in einen Hafen einlaufen, setzen wir die Flagge unseres Registrierhafens, weiter ist die Flagge unseres Gastlandes und die Reedereiflagge zu sehen. Wir haben das gesamte Alphabet in unterschiedlichen Signalflaggen, welche ebenso verschiedene Bedeutungen haben. Ist der Lotse an Bord, signalisiert das die Flagge ‚H' in weiß und rot. Das ‚P' in blau mit weißem Spiegel nennt man ‚Blauer Peter'. Es bedeutet, dass das Schiff innerhalb der nächsten 24 Stunden auslaufen wird.«

Interessant. Gibt es auch so etwas wie eine Gefahr anzeigende Flagge?«

»Verschiedene. Wenn Sie die rote Flagge 'B' sehen, sollten Sie vorsichtig mit Zigaretten sein, weil das Schiff gerade Brennstoff übernimmt oder eine gefährliche Ladung an Bord hat. Von Schiffen mit gelber Flagge sollten Sie sich fern halten, die stehen unter Quarantäne.«

Jan musste kein Interesse heucheln, er fand die Sache wirklich spannend. Irgendwie schien der Baby-Officer das zu spüren, denn er machte eine einladende Handbewegung.

»Unsere Passagiere dürfen jederzeit – auch nachts – die Brücke betreten. Wir beantworten Ihnen gern Ihre Fragen. Nehmen Sie doch Platz. Das Fernglas dort dürfen Sie benutzen.«

Auf Jan wirkte es, obwohl er dessen Fachwissen eben eindrucksvoll demonstriert bekam, ziemlich seltsam, wie dieser Baby-Officer an der Instrumententafel hantierte. Ob der Junge bei rauer See klar kam? Oder hatte Korygin ihn absichtlich im Hafen als Wache eingeteilt? Als könne der kahl rasierte Russe Gedanken lesen, antwortete er:

»Die Wachdienste wechseln: Der Kapitän, der Erste und ich. Jeweils Vier-Stunden-Wachen. Manchmal, wenn es kompliziert wird und der Lotse an Bord kommt, noch Aaron als Rudergänger. In der Maschine wechseln sich der Chief und sein Zweiter ab. Hilfe bekommen sie von Gil, dem Oiler. Im Moment liegen wir noch fest, da gibt es für Sie nicht viel zu sehen. Nur die Hilfsdiesel laufen ständig – wie Sie hören und wir hier am Dieselverbrauch kontrollieren können.« Er klickte auf der Computertastatur ein Programm an und schon waren Tankfüllungen und stündlicher Verbrauch in Diagrammen ablesbar.

Von wegen, nicht viel zu sehen! Von der Brücke der »Meta« bot sich ein grandioser Blick auf Hamburg. So, im nächtlichen Lichterglanz, vom Wasser aus, sah er die Stadt noch nie. Als Zugabe die Lichter des Hafens, das pausenlose Beladen und Löschen von nahe liegenden Schiffen mit Containern.

Nikolay schien unempfänglich für die Schönheit nächtlicher Brückenwachen. Für ihn war das wohl alles längst – so jung er auch war – Routine.

»Wann laufen wir eigentlich aus?«

»Wir verholen in drei Stunden zum Burchardkai. Dort stehen noch andere Container für uns bereit. Sobald wir die aufgepickt haben, laufen wir aus. Kurs Brunsbüttel – Kanalschleusen.«

Magnusson genoss eine Weile schweigend den Anblick des Hafenbetriebes. Auch Nikolay saß regungslos im Sessel des Steuermanns.

»Nehmen Sie oft Passagiere an Bord mit, Nikolay?«

»Ja, häufig.«

»Männer, die sich einen Kindheitstraum erfüllen?«

»Stimmt. Überwiegend Männer. Nur in Ihrer Kammer hat zuletzt eine Frau gewohnt.«

»Was für eine Frau?«

»So eine Mittelalte.«

Mittelalt? Für diesen Burschen war wahrscheinlich jede Frau über 25 schon alt.

»Aha. Hat ihr die Reise gefallen? Würde Sie wieder mitfahren wollen?«

Nikolay biss sich auf die Unterlippe, als habe er ungewollt schon zu viel gesagt.

»Sie ist tot«, sagte er leise.

Magnusson gab sich ahnungslos. »Wieso tot? War sie krank?«

»Die Polizei hat unseren Bootsmann, Sergey, verhaftet. Sie sagen, er habe sie umgebracht. Seitdem macht Aaron seinen Job.«

»Und Sie, sind Sie der gleichen Meinung wie die Polizei?«

Der Junge sagte nichts, er schüttelte nur heftig den Kopf.

Magnusson hielt es für ratsam, sich eher desinteressiert zu geben und an dieser Stelle abzubrechen.

»Tragisch – aber so was kommt vor.«

Er nickte Nikolay zu, wünschte »Gute Wache« und stieg wieder hinab in seine Kammer. Dort angekommen, genehmigte er sich selbst einen Schluck Whisky (schließlich galt das Schnapsverbot nur für die Besatzung) duschte, zog sein Nachtgewand an und rollte sich in seiner geräumigen Koje zusammen. Das unablässige, beruhigende Rauschen der Hilfsdiesel summte ihn in den Schlaf.

Mitten in der Nacht weckte ihn ein Rumpeln und Vibrieren. Im Halbschlaf wusste er zunächst nicht, wo er sich befand, dann wurde ihm klar, dass die Hauptmaschine der »Meta« lief und der Frachter gerade ablegte. Magnusson kniete sich auf die gepolsterte Sitzbank und verfolgte gebannt die Fahrt durch den nächtlichen Hafen. Der Frachter lief ein Stück parallel zur Elbchaussee. In einigen

Villen oben am Elbhang brannten noch Lichter. Bevor sie Övelgönne passierten, drehte die »Meta« nach backbord.

Am Burchardkai warteten die Festmacher, zurrten die Leinen über die Poller und sofort begann der Magnusson bereits vertraute Ladebetrieb. Statt Nikolay stiefelte diesmal Grigoriy im Licht der grellen Scheinwerfer draußen herum. Jetzt wusste Jan endlich, an wen ihn dieser Seemann erinnerte. Er sah aus wie Robert Redford in seinen besten Jahren, sogar seine Bewegungsmuster und seine Gestik zeigten Ähnlichkeiten mit dem Schauspieler. Die reinste Filmkulisse das Ganze, dachte er. Ein Mord an Bord, in der Küche John Wayne und an Deck Robert Redford.

Als sie fertig waren, standen die Container so hoch an Deck, dass sie ihm die Sicht nach vorn verstellten.. Magnusson blieb immerhin das bulleye steuerbords, jenes, welches sich öffnen ließ. Wenig später legte die »Meta« ab. Das Lichtergefunkel der Hafenstadt blieb bald zurück, wurde spärlicher und dann gar nicht mehr zu sehen. Der Frachter lief ruhig die Elbmündung Richtung offene See. Magnusson lauschte noch eine Weile dem beruhigendem Stampfen und Vibrieren der Maschine, dann schlief er endlich. Tief und traumlos.

Er drehte sich zu seinem Steuerbord- Bullauge. Draußen schien grelle Sonne. Klar, sie liefen Ostkurs. Acht Uhr. Frühstück müsste es bereits geben, er befand sich schließlich auf einem Arbeitsschiff, da wollte die abgelöste Wache einen ordentlichen Kaffee und was zwischen die Zähne.

Erst unter der Dusche wurde er richtig munter. Als er seinen Zahnputzbecher in den Spiegelschrank stellte, stutzte er. Ein Kristall-Flakon stand da. Halb verdeckt von einer vorsorglich dort verstauten Packung Wundpflaster. Parfüm? Er löste vorsichtig den Stöpsel und roch. Ein schwerer, süßlicher Duft stieg in seine Nase. Anzunehmen, dass dieses Parfüm der Ermordeten gehörte. Magnusson betrachtete nachdenklich den Flakon. Seine Warenkenntnisse in der Parfümerie beschränkten sich auf den französischen Duft, den Marlene im Badezimmer stehen hatte. Die leeren Flaschen stibitzte er regelmäßig und schenkte ihr den Duft. Er wollte nicht, dass sie irgendein anderes Parfüm verwendete. Dieser verführerische Duft, der sich jeglicher Analyse entzog, weil er keiner Blume eindeutig zuzuordnen war und einfach nur gut roch, das war für ihn Marlene. Sein limbisches System hatte seit ihrer ersten Nacht das Parfüm unlöschbar mit dem Körpergeruch dieser Frau verknüpft. Am liebsten hätte er dem Handel verboten, den Duft an andere Kundinnen zu verkaufen.

Das Parfüm in diesem Kristall-Flakon roch ihm zu aufdringlich. Eine Frau, die so einen Duft bevorzugte – und er schien häufig benutzt worden zu sein, die Flasche war fast leer –, wollte bemerkt werden. Magnusson träufelte ein paar Tropfen auf ein Papiertaschentuch. Sofort füllte sich die winzige Nasszelle mit schwerem, süßlichem Blumenduft und der breitete sich bis in seine Kammer aus. Diesen Geruch kannte er. Damals, während seiner Dienstzeit in Hamburg, nahm er an einer Drogenrazzia auf der Reeperbahn teil. In dem Etablissement dort roch es ähnlich aufdringlich.

Ein erster Hinweis auf die Persönlichkeit der Toten. Eine Frau mittleren Alters, allein mit einem Frachtschiff reisend und dort, unter lauter Männern, ein intensives Parfüm benutzend. Die Frau wollte also Aufmerksamkeit. Sollte dieser männlichen Aufmerksamkeit handgreifliches Interesse folgen? Wollte sie auch Nähe?

An seine Kabinentür wurde geklopft. Magnusson drehte sich mit dem Flakon Richtung Tür und rief »Herein!«. Vor ihm stand der Erste mit einer Liste in der Hand.

»Deklaration für den Zoll. Bitte tragen Sie ein, falls es etwas zu verzollen gibt. Ansonsten genügt ein Strich.«

Magnusson stellte das Parfüm auf dem Schreibtisch ab, suchte seinen Namen, fand ihn ganz unten auf der Mannschaftsliste und unterschrieb. Hinter seinem Rücken zog Grigoriy hörbar Luft in die Nase.

»Interessantes Rasierwasser haben Sie da.« Grinste und verschwand.

Die Offiziersmesse lag verwaist. Der Tisch reichlich eingedeckt mit Brot, Butter, verschiedenen Marmeladen und Käse. Kaffee stand ohnehin in großen Isolierkannen rund um die Uhr bereit. Magnusson bediente sich und aß reichlich. Der Platz des Kapitäns abgeräumt, die anderen Gedecke unberührt. Der Wachwechsel diktierte offensichtlich die Essenszeiten der Besatzung. Zufrieden mit dem Beginn des Tages stellte er, wie in seinem »Bordbrief für die Passagiere« angewiesen, sein Geschirr in die Spülmaschine. John Wayne blickte kurz vom Gemüseputzen auf, nickte ihm freundlich zu und widmete sich wieder seiner Küchenarbeit.

Wenn Magnusson richtig mitgerechnet hatte, sollte sich der Kapitän auf der Brücke befinden. Wahrscheinlich musste er das auf jeden Fall, denn sie liefen direkt auf die Schleuse des Nord-Ostsee-Kanals zu. Vergnügt nahm er die vielen Treppen in Angriff.

Beim Öffnen der Tür drangen ihm fremde Stimmen entgegen. Aus dem Funkgerät kamen Positionsmeldungen anderer Schiffe. Die »Meta« wurde wiederholt angerufen. Auf dem Stuhl des Steuermanns saß ein nicht zur Besatzung gehörender junger Mann. Er antwortete den Stimmen aus dem Äther und blickte aufmerksam in Fahrtrichtung. Sie näherten sich der Schleuse. Der Kapitän stand neben ihm, das Fernglas baumelte vor seiner Brust. Am Ruder stand der Philippino Aaron, welchem der junge Mann von Zeit zu Zeit Steuerbefehle erteilte. Nikolay saß vor dem Computer und arbeitete irgendwelche Listen ab. Magnusson wünschte einen »Guten Morgen« und schaute fragend zu Nikolay.

»Mister Pilot. Der Lotse. Wir steuern die Kanalschleusen an«, flüsterte er ihm erklärend zu.

»Wie lange brauchen wir durch den Nord-Ostsee-Kanal?«

»Etwa sechs bis sieben Stunden. Erst mal müssen wir uns anstellen.«

Aus dem Funk forderte eine aufgeregte Stimme das Vorrecht, zuerst einfahren zu dürfen.

»Der Tanker hinter uns«, sagte der Lotse, »meint, wenn man nur genügend drängelt, kommt man auch schneller dran.«

Korygin trat hinaus auf die Brückennock, richtete das Glas nach achtern und unterzog den drängelnden Tanker einer Musterung.

»Schwede ...«

Als sei damit alles erklärt, schwieg der Kapitän wieder.

Sie passierten die Schleuseneinfahrt und legten an. Über Sprechfunk meldete eine Stimme, das Schiff sei fest. Magnusson sah, wie zwei philippinische Seeleute der »Meta« an Land sprangen und die Gangway heraus zerrten.

»Wenn Sie sich ein wenig die Beine vertreten wollen ...«, der Kapitän drehte sich zu Jan um, »gehen Sie ruhig kurz von Bord.« Magnusson meldete sich ab und wandte sich zur Treppe. »Aber schön in der Nähe der Pier bleiben!«, rief ihm Korygin noch hinterher.

Der Alte – so nannte er ihn seit gestern in Gedanken –, der Alte hat wohl Angst, mich unterwegs zu verlieren, dachte Magnusson. Seeleute nannten ihren Kapitän, wenn sie unter sich waren, den Alten. Das war schon immer so. Da er nun einmal für die paar Tage mit auf der Mannschaftsliste stand, nahm er das für sich in Anspruch. Für den bin ich nichts anderes als Fracht. Eine Fracht, die er wohlbehalten am Bestimmungsort abliefern wird. Komme, was da wolle. Der Mord an der Passagierin wird dem Alten ohnehin schwer im Magen liegen, welchem Kapitän behagt schon so etwas auf seinem Schiff.

Unten angekommen, betrat er die schwankende Gangway, trat an Land und wandte sich nach achtern. Der Tanker interessierte ihn, wann sah er so einen schon mal aus nächster Nähe. Zunächst lief er die »Meta« in ihrer ganzen Länge ab. Das Schiff war noch keine drei Jahre alt. Der Rumpf blau gestrichen, die Aufbauten in strahlendem Weiß. Er sah, wie zwei der Philippinos auf dem Poopdeck Rost entfernten. Die ständigen Farbanstriche gehörten zur Seefahrt wie Wind und Wellen. Magnusson musste aufpassen, dass er nicht über die gespannten Leinen stolperte, welche das Schiff fest hielten. So viel wusste er, die Leinen, welche die Seeleute »Spring« nannten – es gab da die Vorspring und die Achterspring – sind Leinen, die entgegengesetzt zur Zugrichtung von Vorleine und Achterleine laufen.

Am Schleusentor angekommen, kehrte er wieder um und unterzog den Schweden einer genauen Betrachtung. Der Tanker war wesentlich älter und sah deutlich mitgenommen aus. Am Brückenhaus stand in übergroßen Buchstaben die Lebensversicherung der Besatzung:

NO SMOKING – SAFETY FIRST

Unvermutet klingelte sein Handy. Es war Irina.

»Es sieht nicht gut aus, Herr Magnusson. Sergey's Anwalt hat sich wieder gemeldet.«

»Was sagen Sie?« Magnusson lauschte gespannt.

»Sie war zweifelsfrei mit Sergey zusammen. Das beweisen die DNA-Spuren. Er gibt zu, dass sie zu ihm in seine

Kammer gekommen ist. Sie sagen, er habe sie später erschlagen. Mein Bruder schwört, dass er ihr nichts getan hat.«

»Mmh. Hat der Anwalt gesagt, worauf die Anklage beruht? Welche Indizien dafür sprechen, das Ihr Bruder es war?«

»Ja. Der von der Gerichtsmedizin ermittelte Todeszeitpunkt und die Vernehmung aller Besatzungsmitglieder hat ergeben, dass Sergey zu dieser Zeit allein mit ihr auf dem Vorschiff gewesen sein muss. Gibt es da überhaupt noch Hoffnung, Herr Magnusson?«

Magnusson fühlte sich genötigt, der verzagten Stimme etwas Mut zuzusprechen.

»Es gibt immer wieder Fälle, in denen alle Indizien zunächst zweifelsfrei den Angeklagten belasten. Manchmal stellt sich erst später heraus, dass eine Winzigkeit übersehen wurde. Und diese Winzigkeit kann aus schuldig unschuldig machen.«

Statt einer Antwort kam nur Schluchzen aus der Leitung.

Magnusson sah die beiden Philippinos an der Gangway hantieren.

»Ich muss Schluss machen, Irina. Wir legen gleich ab. Ich habe gestern Abend mit einem Seemann gesprochen, der Ihren Bruder für unschuldig hält. Das ist ein Anfang.« Er legte auf.

In letzter Minute betraten drei grauhaarige Männer die Gangway. Jan folgte ihnen und wunderte sich, dass sie zur Brücke hoch stiegen. Erst nach dem Mittagessen sollte er erfahren, was es mit den Dreien auf sich hatte.

Sofort, nachdem er sein Geschirr in die Spülmaschine gestellt hatte, ging er hoch.

Einer der drei Männer steuerte das Schiff. Der Lotse griff hin und wieder korrigierend ein. Aaron wiederholte die Befehle, bevor er am Ruder drehte und nochmals, sobald der Kurs an lag. Doppelte Sicherheit. Der Kapitän stand mit verschränkten Armen im Hintergrund. Er winkte Magnusson heran.

»Ganz schöne Whuling heute. Ich bin praktisch überflüssig. Die drei sind ebenfalls Kapitäne und fahren sich auf dem Kanal ein.«

»Ist die Lotsenbegleitung vorgeschrieben?« Magnusson fand ihn bei dieser geballten seemännischen Kompetenz eigentlich überflüssig.

»Vorschrift. Das ist auch gut so. Vor einiger Zeit – ich sage mal jetzt nicht welches Schiff und welcher Kapitän das war -, ist einer voll gegen die Schleusentore gerauscht. Da war natürlich Alkohol im Spiel. Der Frachter war hinterher werftreif, die Schleuse demoliert. Unangenehme, teuere Sache.«

»Da können Sie ja direkt froh sein, dass Ihnen das nicht passiert ist.«

»Bin ich auch. Eben deshalb gibt es bei mir keine harten Sachen an Bord.«

Magnusson schwieg einen Augenblick. Dann sagte er leise: »Ein Mord an Bord ist auch nicht erfreulich.«

Korygin musterte ihn aus den Augenwinkeln.

»Woher wissen Sie davon?«

»Stand doch in allen Zeitungen.« Ob das stimmte, wusste er nicht, war aber anzunehmen.

Der Alte verkniff den Mund und murmelte etwas, was wie »swinnja« klang, auf Russisch. Wahrscheinlich einen Fluch gegen die sich wie Aasgeier auf sein Schiff stürzenden Journalisten. Magnusson konnte sich gut vorstellen, wie die Presseleute den Frachter belagerten. Höchstwahrscheinlich hatte Korygin einfach die Gangway einziehen lassen, damit sie ihn nicht mit ihren Fragen belästigen konnten.

Sie sagten eine Weile gar nichts. Der Kapitän schien seinen eigenen Gedanken nachzuhängen. Schließlich nickte er Magnusson zu.

»Zu viel los hier. Die kommen auch ohne mich klar. Mal aufs Ohr legen. Auf Vorrat schlafen. Ich habe die Abendwache von 20.00 bis 24.00 Uhr. Sollten Sie sich in Ihrer Kammer langweilen …, leisten Sie mir Gesellschaft. So eine nächtliche Brückenwache kann richtig romantisch sein. Zumindest ruhig«, sagte er mit einem missmutigen Blick auf das Gedränge vor dem Radarschirm.

Pünktlich öffnete Magnusson die Tür zur Brücke. Der Kapitän war bereits anwesend. Traditionsgemäß schenke man seinem Vorwächter fünf Minuten, meinte er schmunzelnd. Grigoriy liege demzufolge schon in seiner Koje. Jan setzte sich wieder auf den hölzernen Lotsenstuhl, während Korygin seine Instrumente kontrollierte, hier und dort korrigierend eingriff und den unablässig im Funk kommunizierenden Stimmen Ohr lauschte.

Fasziniert schaute Magnusson auf die Ostsee. Sie hatten den Kanal bereits am Nachmittag wieder verlassen und liefen jetzt Kurs Nord-Ost.

»Morgen Malmö«, der Alte winkte Jan zum Kartentisch und klopfte mit dem Zirkel auf einen Punkt an der schwedischen Südküste. »Danach weiter nach Göteborg. Manchmal fahren wir auch kreuz und quer und laufen denselben Hafen zweimal auf einer Reise an. Nicht sehr abwechslungsreich, Ihre Seereise.«

Magnusson starrte schon wieder nach draußen. »Das da ist mehr, als ich erwartet habe.« Die Sonne schickte sich gerade an, in die Ostsee einzutauchen. Über der See breitete sich ein Farbenspiel aus, welches die spärlichen Wolken erst Goldgelb, dann Gold-Orange und später Grau-Violett illuminierte. Noch nie in seinem Leben hatte Magnusson einen derartig prachtvollen Himmel gesehen.

Korygin stand regungslos neben ihm und starrte ebenfalls auf das Naturschauspiel. Nach einer Weile sagte er mit gepresster Stimme: »Ob Sie es glauben oder nicht, darum bin ich zur Seefahrtsschule nach St. Petersburg gegangen. Wegen der Romantik auf See.«

»Sehen Sie das noch genau so ergriffen wie früher?«, fragte sein Passagier mit belegter Stimme.

»Nicht immer. Manchmal geht das in der täglichen Routine unter. Oft wird es mir erst wieder bewusst, wenn einer so staunend neben mir steht, wie Sie.«

Korygin schob seine Hände in die Hosentaschen und stand breitbeinig, das leichte Rollen des Schiffes in den Knien auswiegend, eine Zeit lang schweigend da.

»Hat natürlich auch seine Nachteile, das Dasein als Seemann. Je älter ich werde, um so mehr fehlt mir meine Familie.«

»Woher kommen Sie?«

»Rostow am Don. Tichy Don – po russki.«

»Aha.« Magnusson besaß keine rechte Vorstellung von der geografischen Lage dieser russischen Stadt.

»Die Kinder sind inzwischen groß und studieren. Ich habe einen Sohn und eine Tochter. Meine Frau wusste von Anfang an, was auf sie zukommt. Sie hat alles allein gemanagt. Ohne Nataschas Rückenstärkung wäre ich nicht der geworden, der ich heute bin.«

Als wäre ihm diese Liebeserklärung an seine ferne Frau auf einmal peinlich, hüstelte er und schwieg wieder.

Magnusson wollte in eine ganz andere Richtung.

»Früher, auf großer Fahrt, sind Sie aber für den Trennungsschmerz doch ordentlich entschädigt worden, kann ich mir vorstellen. Was kann sich ein junger Mann besseres wünschen, als ferne Länder zu sehen und dabei das eine oder andere hübsche Mädchen etwas näher kennen zu lernen?«

Der Kapitän grinste.

»Klar. Damals waren ja auch die Liegezeiten in den Häfen noch human. Manchmal, wenn es beim Löschen oder Laden Verzögerungen gab, wurden uns schon hin und wieder ein paar erlebnisreiche Tage geschenkt. Heute möchte ich mir das nicht mehr an tun und Ihnen kann ich von Ihren Plänen auch nur dringend abraten. Entweder ist der Frachter in ein paar Stunden wieder draußen oder Sie liegen ewig auf Reede und warten. Das ist gar keine richtige Seefahrt mehr. Das Ganze erscheint mir immer mehr wie Fabrikarbeit. Die guten alten Zeiten kommen nie wieder. Wenn heute so ein junger Bursche zur Seefahrtsschule geht, machen Sie aus ihm so eine Kreuzung zwischen Techniker und Beamten.«

»Ist es denn auf der »Meta« besser?«

»Ja. Wir fliegen alle drei Monate nach Hause.«

»Vielleicht wollen Ihre jungen Offiziere gar nicht nach Hause, sondern etwas erleben?«

»Können die doch, wenn sie wollen. Es steht jedem frei, bei mir abzuheuern und auf große Fahrt zu gehen. Nur Grigoriy würde ich ungern verlieren. Wir sind schon auf der Neuseeland-Linie zusammen gewesen. Er ist noch ein richtiger Seemann. Den möchte ich nicht missen.«

»Eine Frage, Kapitän, Ihr Zweiter erzählte mir, dass Seekarten bald überflüssig sein werden. Wollte der mich verulken?«

»Nein.« Magnusson schien den Finger in eine offene Wunde gelegt zu haben, denn Korygin stöhnte gequält auf. »Leider sind irgendwelche Schwachköpfe auf die Idee gekommen, dass bei zwei voneinander unabhängig funktionierenden Radarschirmen Seekarten praktisch überflüssig sind.«

»Sind sie aber nicht?«

»Selbstverständlich nicht! Verdammt noch mal!« Korygin geriet in Fahrt. »Haben wir nicht im Straßenverkehr schon genügend Idioten, die keine Karte mehr lesen können und sich voll auf das Navigationsgerät verlassen? Deren Entrüstung jedes mal, wenn sie dann irgendwo in der Pampa oder in einem Teich gelandet sind: Aber das Navigationsgerät hat uns doch hier hin gelotst, sagen diese Dummköpfe dann noch.« Korygin ahmte die einfältige Stimmlage der armen Verirrten nach. »Dieser Passagierdampfer neulich, der vor Italien auf Grund gelaufen ist . . . Zu dem abgehauenen Kapitän will ich mich nicht äußern, das bekommt meinen Herzkranzgefäßen nicht. Nur so viel: Auf jeder Seekarte sind die Verhältnisse vor der Küste, also jede Untiefe, akkurat eingezeichnet. Ein Gang zum Kartentisch genügt ... Können Sie sich jetzt in etwa vorstellen, auf welche Zeiten wir zusteuern, wenn die Seekarten dann völlig abgeschafft sind? Jeder Unfähige kann sich zukünftig mit einem defekten Radar herausreden.«

Magnusson wusste dem nichts hinzu zu fügen.

Vor den Fenstern der Brücke war die Sonne jetzt endgültig in der Gold-Orange gefärbten See verschwunden. Am Horizont stand noch ein letzter ziegelroter Streifen Licht über der Kimm, der mehr und mehr von erst Grau-Violett, dann Dunkelblau und schließlich Nachtschwarz geschluckt wurde. Die ersten Sterne tauchten auf. Die beiden Männer hingen schweigend ihren Gedanken nach.

Magnussons Stimme klang später von der Ergriffenheit über die Schönheit der Natur etwas rauh:

»Mal was anderes: Für Ihre Jungs wird das nicht einfach gewesen sein, als diese Dame hier an Bord auftauchte. Was trieb die auf so ein Schiff?«

»Ursprünglich waren zwei Kabinen gebucht. Für sie und ihre Freundin. Die Damen sind vor zwanzig Jahren, nach dem Abitur, schon mal mit einem Frachter gefahren. Das war die Zeit, wo es noch möglich war, sich als so genannter ‚Überarbeiter' weite Passagen mit der Methode ‚Hand gegen Koje' zu verdienen. Die wollten hier wohl sentimentale Jugenderinnerungen auffrischen. Die andere Dame ist aber dann erkrankt und nicht erschienen.«

»Also ging diese Dame kurz entschlossen allein an Bord?«
»Ja.«
»Wie wirkte die Frau auf Sie?«
Korygin dachte kurz nach.
»Ziemlich selbstbewusst. Meinte wohl, weil sie schon mal auf einem Frachter unterwegs war, sie kenne die Seefahrt aus dem Eff-Eff. Ich habe die nicht viel gesehen. Ich mochte das Parfüm nicht, was sie reichlich versprühte. Eine Idiosynkrasie, seit den ersten, nicht so erfreulichen Bordellbesuchen in der Jugend. Bin ihr deshalb meistens aus dem Weg gegangen.«
»Eine Schönheit?«
»Mhm … Kommt drauf an, was man mag.«
»Wie sah sie aus?«
»Brünett. Mittelgroß. Halblange Haare. Durchschnittlich. Weder dick noch dünn. Für mich hatte sie nichts reizvolles.«
»Für die anderen an Bord wohl schon?«
Der Alte antwortete nicht, sondern schaltete die Innenbeleuchtung aus. Die unzähligen Sterne traten am klaren Himmel deutlicher hervor. Zuweilen leuchtete ein weißer

Wellenkamm am Bug auf, ansonsten glitt die »Meta« durch eine nachtschwarze, ruhige See. In der Ferne sandte ein Leuchtfeuer der dänischen Küste sein in Intervallen aufblinkendes Licht herüber. Magnusson vergaß sein Interesse an dem Verbrechen und deutete auf das Leuchtfeuer: »Warum nimmt man dafür kein rotes Licht sondern immer Weiß?«

»Ganz einfach: Weißes Licht leuchtet auf See viel weiter als rotes oder grünes. Um auf Ihre Frage zurück zu kommen . . . Meine Männer halten sich bei unseren weiblichen Passagieren zurück. Wir laufen ja ständig deutsche und skandinavische Häfen an, da haben die genug Gelegenheiten . . . Die Philippinos denken ohnehin nur an ihre Familien . . . Probleme gab's also in dieser Hinsicht bisher an Bord nicht.«

»Aber diesmal schon?«

Ärgerlich drehte der Kapitän den plötzlich laut aufquakenden Funk leiser.

»Die wollte es wohl wissen . . .«, knurrte er zwischen den Zähnen hervor.

»Sergey?«

»Ja. Leider. Sergey kommt von der »Kruzenshtern«. Das ist noch richtige Handarbeit, so ein altes Segelschiff. Entsprechend muskulös sind die Jungs dort. Das muss der Dame wohl imponiert haben . . . Ich habe ihn beiseite genommen und mit Engelszungen auf ihn eingeredet. Er sollte wachfrei haben, sobald wir in Hamburg festmachten. Die Aussicht auf einen ganzen Tag auf der Reeperbahn hält ihn von dieser Lady fern, dachte ich. Arbeit habe ich ihm im Kabelgatt zugeteilt, doch selbst dort hat sie ihn ausfindig gemacht. Und der Dame gegenüber war ich machtlos. Meine Kompetenz geht nicht soweit, sich in die amourösen Angelegenheiten der Passagiere einzumischen.«

Magnusson sah, wie unwohl sich Korygin bei diesen Erinnerungen fühlte und beschloss, den alten Seebären in ein erfreulicheres Fahrwasser zu bringen.

»Die ‚Kruzenshtern', sagten Sie? So ein richtiger alter Windjammer? Wie viele Masten hat die eigentlich?« fragte er mit deutlich hörbarer Begeisterung in der Stimme.

Der Alte blühte sichtlich auf. Wie jeder richtige Seemann bekam auch er bei der Vorstellung von einem durch den Wind schießendem Segler leuchtende Augen. Pavel Korygin setzte sich in seinem Sessel gemütlich zurecht, drehte sich zu Magnusson und verschränkte die Finger vor der Brust.

»Vier Masten! – Ja … die »Kruzenshtern« … Sie werden wahrscheinlich gar nicht wissen, dass der Segler 1926 von der Hamburger Reederei Laeisz gebaut wurde. Das Schiff hieß eigentlich »Padua« und hat einen nie gebrochenen Rekord auf der Strecke Hamburg – Südaustralien aufgestellt. Die haben die Strecke in 67 Tagen bewältigt! Kein frachttragendes Segelschiff hat das nochmals geschafft!«

»Erstaunlich. Und wie geriet das Schiff dann in russische Hände?«

»Nach der Kapitulation übergab sie der letzte Kapitän an die Sowjetunion. Bei uns erhielt der Segler den Namen des baltischen Polarforschers Kruzenshtern. Von da an gehörte sie zur baltischen Flotte. In den sechziger Jahren erhielt sie dann die ersten Dieselmotoren. Zur vollen Schönheit entfaltet sie sich natürlich nur unter Segeln. Die Segelfläche beträgt über 3000 Quadratmeter! Heutzutage werden Kadetten auf dem Segler ausgebildet. Wenn Sie mich fragen, die einzige Möglichkeit, wirkliche Seemannschaft zu erlernen.«

Vor Magnussons geistigem Auge schoss ein unter vollen Segeln stehendes Schiff durch die See seiner Phantasiewelt. Der Alte schien ähnlichen, für ihn wohligen Erinnerungen nachzuhängen, denn er schwieg auf einmal beharrlich.

Sein Passagier glitt vom Lotsenstuhl. »Mal in die Koje verschwinden. Vielen Dank für die Seefahrtsromantik, Kapitän.«

Er erhielt keine Antwort.

2. Seetag

Vorm Einschlafen rekapitulierte Jan den Stand seiner Nachforschungen. Nikolay hielt seinen Mannschaftskameraden für unschuldig, während es für den Kapitän keinen Zweifel am Ermittlungsergebnis der Staatsanwaltschaft gab. Für den war die Sache eindeutig: Sein Bootsmann ging dieser Frau auf den Leim, ließ sich mit ihr ein und beseitigte sie danach, indem er sie erschlug. Und genau das war unlogisch. Die Dame war nach Aussage des Kapitäns hinter Sergey her, nicht umgekehrt. Weshalb sollte er sie töten, wenn sie ihn mit offenen Armen empfing? Das ergab keinen Sinn. Die wollte eine Affäre mit ihm, die hätte sie haben können. Angeblich habe Sergey sie kaltblütig erschlagen. Wenn ein Matrose auf einem seegehenden Schiff einen Menschen – und hier handelte es sich um eine leichtgewichtige Frau – verschwinden lassen will, dann wirft er ihn einfach über Bord. Die »Meta« fährt recht schnell. Ein in der See Treibender wäre innerhalb von Sekunden außer Hörweite. Die Wahrscheinlichkeit, dass ein zufällig auf gleichem Kurs folgendes Schiff sie aufgepickt hätte, war äußerst gering. In der Dunkelheit ist ein in der See schwimmender Mensch ohnehin nur dann aufzufinden, wenn man gezielt mit Scheinwerfern nach ihm sucht. Zudem ist die See im zeitigen Frühjahr noch eiskalt. Da bleiben nur etwa zehn bis fünfzehn Minuten, länger hält ein unterkühlter Körper nicht aus. Warum dieser Unsinn, wegen nichts und wieder nichts einen Mord zu begehen? Weshalb dann die Tote einfach an Deck liegen lassen?

Magnusson schlief schließlich ein und träumte wirres Zeug von Piraten ähnelnden Seeleuten, welche bewaffnet über die Decks der »Meta« schlichen.

John Wayne stellte ihm morgens freundlich lächelnd sein Frühstück hin. Lächelte der Philippino gewohnheitsmäßig oder mochte der ihn wirklich? Der Chief, Volodya, betrat die Offiziersmesse. Sein Ringelshirt der Schwarzmeerflotte hatte er gegen einen dunklen Wollpullover getauscht, doch die schwarzen Locken hingen wie immer wirr in sein Gesicht. Er nickte Jan grüßend zu und vertilgte hungrig sein Brötchen.

»Dürfen Passagiere in die Maschine?« Jan wartete gespannt auf die Antwort.

»Ja.«

»Wann wäre es Ihnen denn recht?« Magnusson wollte keine Zeit mehr vergeuden und beschloss, dem Chief auf den Zahn zu fühlen. Die Maschine interessierte ihn allerdings wirklich und sollte nicht nur als Vorwand für ein Gespräch herhalten.

Volodya schluckte hastig, blickte auf seine Uhr und überlegte einen Augenblick.

»Zehn Uhr? Dann habe ich Zeit für Sie.«

»Okay. Ich werde pünktlich sein.«

Auf dem Weg in seine Kammer traf er Francis und William im Treppenhaus. Die beiden Philippinos feudelten fröhlich quatschend die Stufen und lächelten ihn vergnügt an. Lächeln die denn alle ständig? In der kurzen Zeit an Bord war ihm noch keiner der phillipinischen Seeleute mit mißmutigem Gesicht begegnet. Wahrscheinlich eine ethnische Besonderheit. Oder für ihn deshalb so auffällig, weil in Deutschland die meisten Menschen eher ernst und distanziert daherkamen. Francis hielt ihn am Ärmel fest und fragte, ob sie seine Kammer auch reinigen sollen. Sie täten das gern. Dankbar, von der lästigen Arbeit befreit zu sein, nahm er sich vor, im Store eine Kasten Bier zu kaufen und den beiden vor die Kammer zu stellen.

Magnusson besaß keine genaue Vorstellung von dem, was ihn in der Maschine erwarten würde. Er hatte in seinem Leben keine Gelegenheit gehabt, in Schiffsbäuche hinab zu steigen. Vorsorglich tauschte er die guten Jeans gegen eine verwaschene Hose, zog auch das dunkle Hemd über und machte sich auf den Weg in die Maschine. Vor dem offenen Schott zu den Maschinenräumen stand Volodya, bereit, ihn in die Maschinenunterwelt des Frachters einzuführen.. Er hielt ihm grinsend einen Gehörschutz hin, bedeutete Magnusson, ihm zu folgen und stieg vor ihm durch das Schott. Zunächst ging es eine Vielzahl von Stiegen hinab. Jan hatte Mühe, dem Chief auf den Fersen zu bleiben, so schnell kletterte der voraus. Durch die ersten Schotts stieg Magnusson noch steif und ungelenk, dann hatte er den Bogen raus. Sie eilten durch einen Raum mit einer verwirrenden Anzahl von Rohrleitungen, Messinstrumenten und geschlossenen Systemen. Hier, in den

Maschinenräumen waren die Vibrationen und der Geräuschpegel, welchen der Diesel erzeugte, enorm. Vor drei wie unfertige Waschmaschinen aussehenden Teilen blieb der Chief stehen. Magnusson lüftete seinen Gehörschutz und der dicht neben ihm stehende Volodya brüllte in sein Ohr:

»Die Separatoren. Wir fahren mit Schweröl. Hier wird es gereinigt und kann erst dann für den Dieselmotor verwendet werden!« Schon hastete er weiter. Wieder auf Eisenleitern hinab. Da unten standen sie. Acht Zylinder. Auf den Grätings stehend blickten beide Männer ehrfürchtig auf die Krafterzeugung des Schiffes. Magnusson schien es, als blicke der Chief geradezu liebevoll auf seine Maschinen. Wieder ging es ein für Jan unüberschaubares und verworrenes Gangsystem entlang. »Die Wasseraufbereitungsanlage. Praktisch eine Klärwerk. Und dort hinten: Die Ruderanlage!«, stolz wie ein Fabrikbesitzer führte der Chief seine Schätzchen vor. Vor einem Kessel blieb er stehen. Magnusson hielt ihm wissbegierig sein Ohr hin.

»Die Wasserentsalzungsanlage!«, brüllte Volodya und tätschelte der metallenen Verkleidung über die Wölbung, als handele es sich um den Rücken eines braven Nutztieres. Weitere Zärtlichkeiten gestatte der Chief sich nicht, sondern hastete erneut einen steilen Eisenniedergang hinab. Unten bedeutete er Magnusson, den Kopf einzuziehen. Er leuchtete mit der Taschenlampe eine dunkle Ecke aus. »Die Welle!« Sie standen vor dem Wellentunnels des Frachters. Auf dem Rückweg legte der Chief noch einen Zahn an Geschwindigkeit zu, so dass Magnussons Konzentration allein auf die zahlreichen metallenen Stufen gerichtet blieb. Als er bereits heftig nach Luft rang, riß Volodya unvermittelt eine Tür auf. Die Tür schloss sich hinter ihnen, der Ingenieur nahm seinen Gehörschutz ab. Jan tat es ihm gleich und registrierte erstaunt die Stille, welche sie plötzlich umgab.

»Die Elektromaschine.«

Die Stille, die zahlreichen Schalttafeln und Schaltschränke an den Wänden, der weiß gestrichene Fußboden ... Der Raum erschien ihm fast klinisch rein und erinnerte an die Schaltzentrale eines Kraftwerkes. Der Chief trat an einen Schreibtisch, auf welchem ein Computer stand, klickte ein paar Dateien an, schien zufrieden mit dem Ergebnis und drehte sich wieder zu Magnusson.

»Interessieren Sie noch ein paar Fakten?«

»Deshalb bin ich hier.«

»Gut. Die »Meta« ist insgesamt 130,5 Meter lang und 21,5 Meter breit. Die maximale Wasserverdrängung beträgt 21.188,75 Tonnen. Maximal 21 Knoten erreichen wir an Geschwindigkeit. Dabei haben wir allerdings auch einen Bunkerverbrauch von 40 Tonnen in 24 Stunden, obwohl die Bugnase durch ihre hydrodynamische Wirkung den Verbrauch bereits deutlich reduziert. Die Maschine läuft mit acht Zylindern.« Der Chief ging zum Computer, klickte eine Datei an und zeigte auf die erscheinenden Diagramme. »Wir können die Temperaturen in den Zylindern elektronisch überwachen. Die Maschine kann insgesamt 9000 KW oder 12069 PS erzeugen. Maximale Umdrehungen der Welle: 140 pro Minute. Der Motor bringt

500 Umdrehungen in der Minute. Wir verfügen über ein Heckstrahlruder sowie zwei Bugstrahlruder. Der Durchmesser der Schiffsschraube beträgt 5 Meter. Ach, und zwei Anker haben wir auch. Davon wiegt einer 5,52 Tonnen. Die Maschine arbeitet elektronisch gesteuert weitgehend allein. Ab fünf Uhr nachmittags haben wir Ingenieure frei und schauen nur ab und zu nach dem Rechten.« Grinsend fragte der Chief: »Erst mal genug für heute?«

»Genug«, winkte Magnusson erleichtert ab, dem der Kopf von all den technischen Eindrücken schwirrte. »Ihre Sprachkenntnisse sind bemerkenswert. Das hätte ich hier nicht erwartet.«

»Was hätten Sie nicht erwartet? Dass Russen Fremdsprachen beherrschen? Ich kann Ihnen sogar einen Witz auf deutsch erzählen.«

Magnusson signalisierte, dass er ganz Ohr sei.

»Also, die Geschichte geht so: Kommt ein russischer Matrose ins Krankenhaus und soll dort operiert werden. Die Oberschwester – so ein richtiger angejahrter Dragoner, wenn Sie sich die Dame bildlich vorstellen wollen -, bereitet ihn auf die OP vor. Anschließend schickt sie die junge Lernschwester mit dem OP-Hemd zu ihm. Sie sagt ihr, sie solle sich nichts denken, der Matrose habe sich auf sein bestes Stück den Namen seiner Braut tätowieren lassen.

»Rumba-Lotte«. Nach einer Weile kommt das Mädchen wieder und die Oberschwester fragt: Na, alles in Ordnung? Ja, schon, sagt die junge Schwester, nur steht da nicht

»Rumba-Lotte«, sondern »Ruhm und Ehre der sowjetischen Rot-Banner-Flotte«.

Magnusson hatte die Pointe erfasst. »Den muss ich mir merken, wenn ich auch sonst alles wieder vergesse«, sagte er lachend.

»Tasse Tee? Für uns ist an Bord um diese Zeit immer teatime.« Volodya wies auf die Sitzecke in der Nische, stellte zwei Teebecher auf den Tisch, hängte Teebeutel ein und goss heißes Wasser auf. Während der Chief hantierte, schaute Jan interessiert auf den Bilderschmuck der Wände. Die üblichen pin up girls, nur dass hier offensichtlich Blondinen unerwünscht waren. Sämtliche Mädchen waren dunkelhaarig, manche auch dunkelhäutig. Bei einigen schimmerte die Haut hellbraun wie Milchkaffee.

»Sie mögen wohl eher etwas Rassiges, wie man sieht.« Es war eine Feststellung, keine Frage. Trotzdem gab Volodya eine Erklärung ab.

»Ich bin lange Zeit auf einem Bananenfrachter gefahren. Mittelamerika. Später auch Südamerika. Rio. Faszinierende Frauen.« Er lächelte gedankenversunken bei der Erinnerung an die brasilianischen Mädchen.

»Kann ich mir vorstellen. Eine normale Mitteleuropäerin hat es da sicher bei Ihnen schwer.«

»Heute nicht mehr. Ich hätte gerne etwas Festes. Die Landgänge in Südamerika waren toll, aber irgendwann sehnt man sich danach, dass eine auch mal schreibt und wartet. Als Seemann haben Sie das Problem, eine Frau zu finden, die treu ist und diese Trennung mitmacht.«

»Der Kapitän meint, sie wären gut dran auf diesem Schiff, weil Sie alle drei Monate nach Hause fliegen dürfen.«

»Stimmt schon. Auf Dauer habe ich trotzdem noch kein Mädchen gefunden.«

Magnusson meinte, es sei hilfreich, dem nun betrübten Chief etwas Trost zu zusprechen.

»Ich sage Ihnen mal was. Ich habe meine jetzige Frau mit Ende Fünfzig kennen gelernt. In einer Seelenlage, wo ich dachte, nun sollte ich mir besser mal einen Platz auf dem Friedhof sichern. Tja, manchmal erwischt einem das Glück, wenn man gar nicht mehr damit rechnet.«

Volodya warf ihm einen schnellen Blick aus den Augenwinkeln zu, umfasste mit beiden Händen den Teebecher und sprach mit gesenktem Kopf.

»Vor kurzem kam eine Frau an Bord. Ungefähr mein Alter. So eine temperamentvolle, lebenslustige Frau. Ungebunden. Genau mein Typ. Wir haben ein paar Mal zusammen in der Messe gesessen, uns unterhalten und Bier getrunken. Da hätte was daraus werden können.« Der Chief setzte hart seinen Becher auf und schob ihn von sich weg.

»Sergey ist ein Idiot. Wahrscheinlich hat er nicht nur seine Zukunft zerstört, sondern auch meine«, presste er wütend heraus.

»Sie sind der festen Überzeugung, das Sergey die getötet hat?«, fragte Magnusson gespannt. »Ja! Wer denn sonst? Er hat sie auf dem Vorschiff abgepasst, weil er genau wusste, dass keiner von uns in der Nähe ist. Samstag Abend – da sitzt doch jeder von uns in seiner Kammer, trinkt Bier und schaut Filme.«

»Könnte es nicht ein anderer Seemann gewesen sein?«

Der Chief schüttelte energisch den Kopf.

»Grigoriy hatte Wache. Er muss von der Brücke aus etwas bemerkt haben und hat Sergey über Sprechfunk angesprochen. Als keine Antwort kam, ging er vor und sah den Bootsmann weglaufen. Der Rosthammer lag neben ihrem Kopf, sie selbst in einer Blutlache.«

»Der Bootsmann sei gar nicht der Typ für so eine Tat, habe ich gehört. Mir wurde erzählt, der Mann wirke eher sanftmütig und liebe Frau und Kind über alles.«

Der Chief winkte ab. »Bisher schon, da war Sergey ruhig. Nur, in solchen Momenten . . . Sie wissen schon . . . Meiner Meinung nach wäre das alles nicht passiert, wenn er unternehmungslustiger gewesen wäre. Zuletzt in Göteborg habe ich ihm noch angeboten: »Komm' mit Bootsmann, habe ich gesagt, ich kenne da so einen Club, gar nicht weit vom Hafen . . .«

»Er wollte nicht?«

»Nicht ums verrecken. Er gebe nicht sein Geld für Schnaps und Huren aus, hat er gesagt. Man sieht ja, was daraus geworden ist. Das Einzige worauf er noch hoffen kann, ist, dass das Urteil auf Totschlag und nicht auf Mord lautet.«

Jede Menge Fakten waren da aus dem Chief herausgesprudelt. Es schien ihm auf einmal unangenehm zu sein. Er wollte dem Passagier gegenüber nicht als geschwätzig gelten.

Lag wohl nur daran, dass er die meiste Zeit hier unten allein mit seiner Maschine zu Gange war. Immer abwechselnd mit Alexander, dem zweiten Ingenieur. Gil, der Oiler, ging ihnen zur Hand. Mit dem mochte er nicht reden. Es gab so etwas wie einen Verhaltenskodex. Kein Offizier sprach mit einem Matrosen über seine Gedanken und Gefühle.

»Wie ich gehört habe …«, versuchte Magnusson die Gelegenheit beim Schopf zu packen, »also der Kapitän meinte, die Dame sei hinter Sergey her gewesen … nicht umgekehrt. Da ergibt es doch keinen Sinn, die Lady umzubringen. Mal im Ernst: Kein Mann tötet eine Frau, wenn sie ihm schöne Augen macht, oder?«

»Was weiß ich denn? Keine Ahnung, was in Sergey vorgegangen ist.«, presste er zwischen den fast geschlossenen Lippen hervor. Er schüttelte seinen Kopf mit den schwarzen Locken, als wolle er unliebsame Gedanken wie lästige Fliegen verscheuchen. Der Chief stand auf, stellte die Teebecher ins Spülbecken und widmete sich deren Reinigung.

Magnusson erhob sich ebenfalls.

»Wenn Sie Lust haben … Sie können sich mir gern beim Landgang in Göteborg morgen anschließen …«, bot er dem Passagier auf dem Rückweg über Grätings und Eisenleitern an.

»Ja, gern. Danke, dass Sie sich Zeit für die Führung genommen haben.«

Wieder in seiner Kammer angekommen, bemerkte Magnusson, dass er sich beim schnellen Gang durch das Maschinenlabyrinth an einer scharfen Kante in den Finger gerissen hatte. Blut tropfte auf den gerade gewischten Bodenbelag. Sich an das Pflasterpäckchen im Spiegelschrank erinnernd, öffnete er die Tür und suchte nach dem Wundverband. Verblüfft hielt er inne. Das Pflaster war da. Was fehlte, war das Parfüm.

Dieses verschwundene Parfüm ging ihm nicht aus dem Kopf. Die Matrosen hatten seine Kammer gereinigt. War diese Bereitwilligkeit nur ein Vorwand gewesen, um den Flakon zu beseitigen? Wenn ja, hatten sie einen Grund dafür. Diese Vermutung bestätigte ihn in der Annahme, dass die Staatsanwaltschaft auf der falschen Fährte war. Francis und William also. Oder nur einer der Beiden. Oder alle Philippinos.

In der Messe herrschte gähnende Leere, offensichtlich schien niemand abkömmlich zu sein, oder Hunger zu verspüren. Jan aß mit Heißhunger seine üppige Portion Backfisch mit Kartoffelbrei. John brachte ihm das Birne-Helene-Dessert später derartig strahlend, als habe er diese Süßspeise soeben selbst erfunden.
   »Setzen Sie sich doch einen Moment, John und leisten Sie mir Gesellschaft«, bat Magnusson. Nach einem schnellen Blick auf seine Armbanduhr nickte der junge Mann und holte sich eine Tasse Kaffee aus der Maschine.

»Haben Sie schon eine eigene Familie auf den Philippinen?«

»Nee. Ich nicht«, lachte er, »Schwester hat vier Kinder. Sollen studieren. Kostet viel Geld«.

»Aha, Sie helfen Ihrer Schwester und schicken Ihre Heuer nach Hause?«

»Alle machen so. Familie helfen.«

»Hier ist das gar nicht selbstverständlich«, meinte Magnusson nachdenklich. Er löffelte sein Dessert und John Wayne trank in kleinen Schlucken Kaffee.

»Haben Sie die Frau gemocht, die zuletzt hier an Bord war?«, fragte er unvermittelt.

John schüttelte heftig den Kopf. Zum ersten Mal machte er ein ernstes und abweisendes Gesicht.

»Warum nicht?«

»Nicht gut.«

» Was heißt – nicht gut? Könnten Sie das genauer erklären? Sie soll hübsch gewesen sein.«

»Weiß nicht, ob hübsch. Frau falsch. Falsches Lächeln. Falsches Herz.«

»Wer sagte Ihnen das?«

Der Koch schlug sich mit der rechten Faust auf die linke Brustseite, wo das Herz schlägt.

»Here – my body«.

Nichts Konkretes. Wenn der Koch die Frau nicht mochte, hieß das gar nichts. Kein wirklicher Anhaltspunkt für Magnusson. Was wusste der schon, ob das Lächeln einer Frau echt oder unecht war.

»Tja, so ist das eben. Manche Menschen mögen wir und andere mögen wir nicht. Manchmal wissen wir nicht einmal warum. Übrigens – Ihr Essen ist sehr gut, John! Wenn Sie so weiter kochen, werde ich zugenommen haben, wenn ich von Bord gehe.« Jan berührte den Philippino dankend mit seiner Hand am Oberarm.

John nahm seine Kaffeetasse in die eine und Magnussons Dessert-Teller in die andere Hand. Er stand auf, schob den Stuhl mit den Knien wieder akkurat zurecht und zeigte keine Regung über das empfangene Lob.

Als Magnusson an der Kombüse vorbei ging, wo der Koch gerade Geschirr in die Spülmaschine räumte, richtete John sich auf und sagte leise:

»Die Frau – sie hat Sergey verrückt gemacht. Sie ist schuld. Wollte auch Gil. Hat ihn geküsst. Wir haben Gil eingeschlossen.«

Gil also auch, dachte Magnusson, nachdem er sich nach dieser guten Mahlzeit zufrieden und gesättigt auf seiner Koje ausgestreckt hatte. Die Dame wäre wohl auf einem Vergnügungsdampfer besser aufgehoben gewesen. Gil half in der Maschine, arbeitete bei Bedarf aber auch an Deck.

Kein Problem, sich den Jungen einmal genauer anzuschauen. Nach dem Mittagsschlaf.

Das Schiff nahm Kurs auf Malmö. Die schwedische Südküste interessierte Magnusson eigentlich nicht so sehr. Trotzdem wollte er sich dem Chief bei dessen Landausflug in Göteborg anschließen. Volodya wusste, wer sich zur Tatzeit wo aufgehalten hatte.

Das Eintreffen des Lotsen, die üblichen Anlegemanöver und den Beginn des Löschen und Ladens registrierte er fast schon als Routine. Von Malmö war nicht viel zu sehen. Die überall anzutreffenden Hafenanlagen. Magnusson stieg trotzdem die schwankende Gangway hinab und lief an der Pier ein paar Minuten auf und ab. Außer einer toten Möwe zu seinen Füßen gab es keine interessanten Eindrücke. Die Stadt ziemlich entfernt. Ein böiger, unangenehm kalter Wind trieb ihn wieder an Bord.

Aus dem kurzen Mittagsschlaf wurden drei Stunden. Magnusson wischte sich erstaunt über die Augen, als traue er seiner Wahrnehmung nicht. Das Ablegen in Malmö hatte er verschlafen. Tatsächlich – es war bereits später Nachmittag. Tief und traumlos schlief er hier am helllichten Tag. Muss wohl an der Seeluft liegen, dachte er. Oder waren es die beruhigenden Dauergeräusche der Maschine? Das tiefe Brummen und die ständigen Vibrationen störten ihn nicht im Geringsten. Im Gegenteil, sie flößten ihm Vertrauen zum Schiff ein und wiegten ihn sanft in den Schlaf. Eine weitere Merkwürdigkeit dieser Seereise war, dass er anscheinend über einen inneren Kreiselkompass verfügte. Jede noch so geringe Kurskorrektur registrierte sein Unterbewusstsein. Magnusson richtete sich ächzend auf, brachte sein Haar in Ordnung, ließ kaltes Wasser in die Hände laufen und erfrischte sein Gesicht. Um seine Kleidung musste er sich nicht kümmern. Hier liefen alle mehr oder weniger in Arbeitskleidung oder Räuberzivil umher – die ausgewaschenen Jeans und das zerknitterte Hemd wirkten hier nicht deplatziert.

Draußen auf dem Deck unter seiner Kammer waren die Matrosen damit beschäftigt, Rost zu entfernen. Zusätzlich zu ihren orangefarbenen Kombis trugen sie Tücher um Kopf und Gesicht gebunden. Nur ihre Augen schauten heraus. Es waren drei Mann und er konnte sie nicht unterscheiden. Der schlankere Bursche in der Mitte, vermutete er, musste Gil sein. Die beiden anderen glichen sich sowohl in der Körpergröße als auch in der Statur. Bei seinem Herantreten unterbrachen sie ihre Arbeit.

»Sind Sie William und Francis?«, wandte er sich an die beiden Kräftigeren. Einer nickte, der Andere lachte und begann seine Vermummung abzuwickeln.

»Robert. – Viel Schmutz. Nicht gut.«, sagte er nach der Demaskierung.

Nun taten die beiden anderen es ihm gleich und aus den Tüchern schälten sich die Gesichter von William und Gil. Während William bei genauerer Betrachtung ein breites Bauerngesicht besaß und auch etwas älter wirkte, zeigte Gil das perfekt symmetrisch und edel geschnittene Antlitz eines jungen Exoten. Unter den schön geschwungenen Brauen leuchteten zwei dunkle Augen und weil er permanent lächelte, gab er Magnusson Gelegenheit, die makellosen und sehr weißen Zähne zu bewundern. Zumindest ahnte er nun, warum dieser Bursche auf die Dame so anziehend wirkte. Wie Gil mit der Tatsache umging, dass die anderen ihn einfach einschlossen und ihn damit um die vorgesehene weibliche Gunst brachten, sollte er schon heraus bekommen.

»Wann ist denn hier Feierabend?«, fragte er Francis.

»Warum fragen Sie?«

»Ich würde mich gern mit einem Bier für die Reinigung meiner Kammer revanchieren. Wenn Sie mögen.«

Francis lachte breit. »Feierabend ist, wenn der Bootsmann es bestimmt. Aaron ist einer von uns, wenn Sie ihn auch einladen, ist Feierabend.«

Als habe er nur auf seinen Einsatz gewartet, erschien der Bootsmann Aaron auf der Außentreppe. Es folgte ein kurzer, für Jan unverständlicher Wortwechsel mit seinen Leuten, dann packten sie ihr Werkzeug zusammen.

»Wir duschen. Gehen in Messe. Warten.« sagte Aaron.

Das beim Kapitän aus dem store erworbene Bier erwies sich als äußerst günstig. An Land hätte Magnusson gut und gerne das Doppelte bezahlen müssen. Zollfrei eben.

Die Messe glich der Offiziersmesse. Auch hier ein großes Fernsehgerät, ein Kühlschrank mit Kaffeemaschine, eine Weltkarte an der Wand und ein großer Tisch mit Bänken und Stühlen.

Er setzte sich auf den nächstbesten Stuhl und wartete. Plötzlich erstarb das ihm inzwischen vertraute Brummen der Maschine, die Vibrationen setzen aus, die »Meta« lag gestoppt. Nur das sanfte Rauschen der Hilfsdiesel hielt an. Von den Philippinos erschien keiner in der Messe. Nicht mal John steckte seinen Kopf aus der Kombüse. Was war los? Eine Havarie? Oder ein harmloser Halt? Die Philippinos in der Maschine zu Gange? Magnusson hatte keine Ahnung, aus welchen Gründen ein Kapitän auf einem Frachtschiff die Maschine stoppte. Gar eine Kollision? Er schaute aus dem bulleye, sah aber nichts außer glatter See. Also hinauf auf die Brücke, nur dort erhielt er Informationen. Das Bier stellte er einfach auf den Tisch der Mannschaftsmesse.

Völlig außer Atem oben angekommen, sah er Grigoriy am Steuer stehen. Sollte der nicht später Wache gehen? Grigoriy nickte ihm kurz zu, dann antwortete er der Stimme am Telefon. Offensichtlich sprach er mit dem Maschinenraum, denn die andere Stimme gehörte unverkennbar Volodya. Sie sprachen russisch miteinander und das Einzige, was er am Ende verstand, war Grigoriys: »Okay! Konjetschno – Spassibo«. Höfliche Leute, diese Russen.

Der Offizier legte auf und bedeutete seinem Passagier, Platz zu nehmen. Magnusson schwang sich wieder auf den erhöhten Stuhl, welcher, ob nun für Lotsen oder Passagiere vorgesehen, einen vorzüglichen Blick sowohl auf das Geschehen auf der Brücke, als auch auf die Ostsee ermöglichte. Grigoriy bat um einen Moment Geduld, hantierte zügig am Steuerpult, dann eilte er zum Rechner in der Nische und vertiefte sich in wechselnde Anzeigen des Bildschirms.

Magnusson fand Muße, erneut die Schönheit der See und des Himmels zu bewundern. Die Sonne stand jetzt, am Abend, immer noch hell strahlend an einem fast azurblauen Himmel. Ihr in der Mittagsstunde gleißendes Licht wandelte sich langsam, je mehr sie sich dem Horizont näherte, in ein milderes, rot- goldenes Leuchten, mit dem sie auf dem Meer aber immer noch Reflexe erzeugte, die sich wie spiegelnde Silberfolien sacht mit der sanften Dünung bewegten.

Die »Meta« lag immer noch gestoppt. Nur das sanfte Rauschen der Hilfsdiesel war zu hören.

Endlich schien Grigoriy mit dem Computer im Reinen zu sein. Trotzdem zeigte seine Stirn Zieh-Harmonika-Falten, als er zu Jan heran kam.

»Wir haben ein Problem.«

»Dachte ich mir schon. Gravierend?«

»Wie man es nimmt. Für den Reeder schon. Für uns weniger. Wir werden eine Nacht in Göteborg liegen müssen.«

Trotz der Sorgenfalten auf der Stirn ist dieser Grigoriy das, was Frauen wohl einen »schönen Mann« nennen, dachte Magnusson. Die verblüffende Ähnlichkeit mit dem amerikanischen Schauspieler wird ihm eine Menge Verehrerinnen eingebracht haben. Einen Ehering konnte er an dessen Fingern nicht finden. Also ungebunden oder vertragsfrei in festen Händen.

Grigoriy deutete Jans Gedankenversunkenheit als Sorge um seine Sicherheit, denn er hob beruhigend die Hände.

»Keine Gefahr für Leib und Leben. Einer der Zylinder macht Ärger. Kolbenring. Deshalb liegen wir gestoppt. Die Maschine läuft gleich wieder.«

Als wären seine Worte prompt im Maschinenraum angekommen, durchlief ein Zittern und Beben die »Meta«, dann hörten und fühlten die beiden Männer wieder das beruhigende Stampfen der Maschine. Grigoriy lächelte entspannt, widmete sich kurz seinem Instrumentarium auf dem Pult und brachte den Frachter auf Kurs. Er lehnte sich in seinem Stuhl zurück und verschränkte die Arme vor der Brust. Den Rest übernahm die automatische Steuerung.

»Ist nicht so schlimm, wenn ein Zylinder mal ausfällt. Wir sind nicht voll beladen.«

»Aber Sie müssen doch für Ersatzteile sorgen, oder?«

»Ja. Selbstverständlich. Der Agent in Göteborg weiß bereits Bescheid und beschafft neue Kolbenringe. Manches können wir auch mit Bordmitteln selbst reparieren, nur diesen speziellen Kolbenring haben wir gerade nicht.«

»Ach – und so ein fehlender Kolbenring beschert Ihnen dann schon mal eine Nacht in Göteborg?«, Magnusson grinste amüsiert.

»Kommt seltener vor, als Sie denken«, lachte Grigoriy. »Für uns heißt es sonst immer nur: Rein in den Hafen, Löschen und Laden, Raus aus dem Hafen. Volodya wird sich freuen«.

»Ja, das vermute ich auch. Er hat mich schon überreden wollen, mit ihm los zu ziehen, als an so einen ausgedehnten Aufenthalt noch nicht zu denken war.«

»Wenn Sie was erleben wollen – nur zu. Volodya kennt sich aus.« Der Erste grinste anzüglich.

»Und Sie«, fragte Magnusson gespannt, »Sie wollen die verlängerte Liegezeit nicht zum Amüsieren nutzen?«

Grigoriys Gesichtsausdruck und seine Körperhaltung wurden plötzlich abwehrend. Er verschränkte die Arme wieder vor der Brust und ließ sich Zeit mit der Antwort.

»Ich bin verlobt«, sagte er nach einer Pause, die schon peinlich zu werden drohte, stand auf, schob seine Hände in die Hosentaschen und starrte auf die See.

Endlich erinnerte er sich wieder an den Passagier und wandte sich mit freundlichem Gesicht an diesen: »Möchten Sie mit mir hier auf der Brücke Abendbrot essen? Ich gehe heute ausnahmsweise Doppelwache, wegen des Maschinenschadens.«

Erfreut nahm Jan das Angebot an und dann dauerte es nach Grigoriys Anruf in der Kombüse keine zehn Minuten, bis John Wayne ein voll beladenes Tablett auf den kleinen Tisch in der Sitzecke wuchtete.

Beim Essen versuchte Magnusson, zur lockeren Stimmung von vorhin zurückzukehren, bevor von Grigoriys Verlobung, welche ihm ausschweifende Landgänge verbot, die Rede war.

»In Göteborg wird es für Volodya schwierig werden, fürchte ich.«

»Wieso?« Grigoriy aß mit sichtlichem Appetit kleine Teigtaschen, die er in eine Rote-Beete-Soße tunkte.

»Na, das liegt doch auf der Hand – Schwedinnen sind blond!«

Der Erste lachte prustend auf. »Machen Sie sich um den keine Sorgen, der findet schon, was er sucht . . . Probieren Sie mal«, sagte er zwischen Husten und Lachen. Er spießte eine der Teigtaschen auf, tauchte sie in die Soße und hielt sie Magnusson hin.

»Mhm. Schmeckt richtig gut. Was ist das?«

»Pelmeni. So eine Art Nationalgericht. Kennt man in ganz Russland. Von Archangelsk bis nach Sibirien.«

Die Dinger schmeckten wirklich nicht übel, besonders die raffinierte Fleischfüllung tat es ihm an. Grigoriy schob fürsorglich die Schüssel mit den restlichen Stücken zu Jan.

»Essen Sie. Ich kann das jeden Tag haben, wenn ich will.« Er griff zu Wurst und Brot.

Gesättigt wischte sich Jan den Mund ab und nahm einen Schluck Tee.

»Sie sind mit dem Kapitän zusammen auf großer Fahrt gewesen?«, fragte er interessiert.

»Ja. Wir sind zusammen rund um die Welt gefahren. Der Kapitän hat das Schiff übernommen, auf dem ich als Dritter Offizier bereits ein paar Jahre fuhr.«

Beneidenswert, dachte Magnusson. Offensichtlich verstanden sich der Alte und sein Erster ausnehmend gut. Muss traumhaft gewesen sein, mit jemand, der einem den Rücken stärkt, über die Weltmeere zu fahren.

»Schade«, sagte Magnusson nachdenklich, »schade, dass es die Möglichkeit des Überarbeitens heute nicht mehr gibt. Obwohl mir alle davon abraten, würde ich es gern machen. Am liebsten mit meiner Frau zusammen.«

»Ja, früher hatten wir ständig junge Leute an Bord, die sich den Wind der fernen weiten Welt um die Nasen wehen ließen. Für Ihre Frau wäre ein Kreuzfahrtschiff sicher bequemer. Außerdem haben Sie das doch nicht nötig, bei Ihrer Rente.«

»Sie kennen meine Frau nicht«, lachte Magnusson, »die würde auch allein einsteigen.« Das würde Marlene wirklich tun. »Was meine Pension betrifft ..., so üppig fällt die bei ...", – fast hätte er sich verplappert und ‚bei Polizisten' gesagt, „... bei ehemaligen Angestellten nun auch wieder nicht aus. Wie sieht es denn mit Ihrer Verlobten aus, Grigoriy, nehmen sie die ab und zu mit? Der Alte, äh ... pardon, der ... Herr Kapitän ... hat da sicher nichts dagegen einzuwenden ...«

Der Erste wollte zur Antwort ansetzen, als eine Stimme aus dem Funk die »Meta« anrief. Er zuckte entschuldigend mit den Schultern und widmete sich seiner Arbeit.

Leise folgte Magnusson ihm und stellte sich hinter den Stuhl des Steuermanns. Es gab zwei Radarschirme. Den üblichen, den er kannte und einen zweiten, neuerer Bauart.

Grigoriy antwortete der Stimme aus dem Äther mit einem höflichen «Yes, Sir«. Er nannte den Namen und die Position seines Schiffes. Dem kurzen Palaver folgte eine Kurskorrektur.

»Da stehen ja sogar die Namen der Schiffe auf dem Schirm . . .«, staunte Jan.

»Und die Entfernung zu uns. Eine erfreuliche Erfindung, diese neuen Radarschirme«, pflichtete der Erste ihm bei, »wir können sofort sehen, wer uns da zu nahe auf die Pelle rückt. Oder, wie eben, wen wir in Bedrängnis bringen. Das eben war der hier«, er zeigte auf ein Dreieick auf dem Radarschirm, welches sich nun etwas weiter von der »Meta« entfernte.

»Meerjungfrau« las Magnusson.

»Ein Kreuzfahrtschiff«, erklärte der Schiffsoffizier,«die fahren hoch nach Norwegen. Schön dort. Relativ ruhig. Wenig Menschen. Gute Angelreviere.«

»Sie angeln gern?«

»Tja, würde ich gern. Zu wenig Gelegenheit.«

»Wie – auf dem Meer? Keine Gelegenheit?« Magnusson kam sich veräppelt vor.

»Hört sich blöd an, ist aber so. Wir fahren viel zu schnell und im Hafenbecken haben Sie die reinsten Ölfische an der Angel, das will doch keiner essen. Früher, im Indischen Ozean, da haben wir auf Reede ab und zu die Hai-Angel ausgeworfen … Oder Hochseeangeln … mit kleinen Booten auf Thunfisch … das ist eine richtige Jagd und ein wirklicher Kampf, … Mann gegen Fisch …, bei dem auch der Fisch seine Chance hat.«

»Klingt ja spannend …, aber ist das nicht …«, weiter kam Magnusson nicht. Nikolays kahl geschorener Kopf tauchte am Treppenabsatz auf.

»Fünf vor Voll«, sagte der Erste zufrieden, »meine Ablösung.«

Er wollte das Tablett packen, doch Jan kam ihm zuvor. »Hauen Sie sich mal in die Koje, das Geschirr bringe ich in die Kombüse zurück«.

Grigoriy wechselte noch ein paar russische Worte mit Nikolay, dann ging er zur Treppe. Unten drehte er sich zu dem ihm mit dem Tablett folgenden Magnusson um:

»Besuchen Sie mich doch mal in meiner Kammer. Ich zeige Ihnen was.«

79

3. Seetag

Jan wurde vom Klingeln seines Handys aus dem Schlaf geholt. Marlene. Draußen bereits die schwedische Hafenstadt in Sicht. Sonst hätte sie ihn kaum erreichen können.

»Alles in Ordnung, Jan? Bekommst Du genug zu Essen?« Die üblichen Sorgen einer fürsorglichen Ehefrau. Er versicherte ihr, dass alles in bester Ordnung sei.

»Gibt es irgendwelche Hinweise, die Sergey entlasten könnten?«

»Noch nichts wirklich Brauchbares, jedoch hat mich mein Instinkt nicht getäuscht, hier ist etwas faul. Ich gehe da verschiedenen Anhaltspunkten nach. Heute legen wir in Göteborg an, soll ich Dir etwas mitbringen?«

Stille. Marlene überlegte.

»Kennst Du meine Schuhgröße?«

»Natürlich. Größe 38, stimmt's?«

Sie lachte. Gar nicht selbstverständlich, die meisten Männer wussten so etwas nicht. »In Schweden gibt es Schuhe, die im Moment nur dort erhältlich sind. Sie sehen sehr elegant aus, sind aber so gefertigt, dass man damit wie auf Wolken geht. Du erkennst sie an den Sohlen, darauf ist ein über Wolken gehender Engel geprägt.«

»Gut, meen Deern. Ich versuche, die Dinger für Dich aufzutreiben. Tschüss.«

An der Kammertür klopfte es. Volodya.

»Ich habe lange überlegt, ob ich klopfe«, sagte er entschuldigend.

»Wieso? Weil ich telefoniert habe?«

»Nein. Bei uns gibt es ein ungeschriebenes Gesetz: Kammertür geschlossen – ich will meine Ruhe haben. Kammertür auf – ich freue mich über Besucher.«

Magnusson gab zu, von solchen Gepflogenheiten keinen blassen Schimmer zu haben. Er rastete demonstrativ die Tür in die vorgesehene Halterung ein, so dass sie offen blieb.

»Wir gehen dann so gegen Acht heute Abend los. Ich bestelle uns ein Taxi«, informierte ihn der Chief.

»Geht es nicht ein bisschen früher«, bat Jan, »ich möchte durch die Einkaufsstraße.«

»Kein Problem. Also hole ich Sie hier nach dem Abendbrot ab. Okay?«

»Okay.«

Magnusson beschloss, sich endlich einmal auf dem Vorschiff gründlich umzuschauen. Er stieg hinunter bis zum Poopdeck, wandte sich nach Steuerbord und ging den schmalen Gang zwischen Containern und Bordwand entlang. Rechts unten rauschte die See von der Fahrtgeschwindigkeit und warf ihm salzige Spritzer ins Gesicht. Über ihm standen Container. Gestapelt, bildeten sie das Dach des Ganges. Bei den Schiffen neuerer Bauart war das Schanzkleid am Bug hochgezogen und deckte das Vorschiff vollkommen ab. Eine Erleichterung für die hier bei Schlechtwetter arbeitenden Seeleute. Die am Bug überkommende See konnte sie nicht durchnässen. Er bestaunte die gewaltigen »Morridge-Winden« und die mächtigen Glieder der Ankerketten. Ganz vorn, am Bug, befand sich eine Öffnung. Jan trat heran, stieg auf eine Holzkiste und steckte den Kopf hinaus. Unter ihm rauschte die See. Der Fahrtwind fuhr ihm heftig ins Gesicht. Ein Gefühl wie Fliegen. Er vergaß für Minuten die Container, seine Mission hier und sein ganzes bisheriges Leben. Ein nie gekanntes Gefühl von Freiheit und Zeitlosigkeit stellte sich ein. Wenn er nach unten schaute, sah er die »Nase«. Eine technische Besonderheit, die Werft-Ingenieure wegen hydrodynamischer Vorteile heutzutage jedem Schiffsrumpf anschweißten. Magnusson stand auf seiner Kiste, hielt den Kopf in den Wind und den Blick auf die unter ihm schnell dahingleitende See gerichtet. Er konnte im Nachhinein nicht sagen, wie lange er so, eins mit sich und dem Schiff, gestanden hatte. Sein Zeitgefühl aufgelöst. Es gab gar keine Zeit mehr – nur ihn und die See.

Ein Hüsteln holte ihn in die Realität zurück. Magnusson zog vorsichtig Kopf und Oberkörper zurück und drehte sich um. Nikolay. Der blieb in respektvollem Abstand stehen und schwenkte eine orangefarbene Warnweste.

»Ich habe Sie überall gesucht. Bei den vielen Containern sieht man Sie hier auf dem Vorschiff nicht. Die Weste brauchen Sie, wenn Sie sich im Hafengelände bewegen. Ist Vorschrift.«

»Schauen Sie da auch manchmal raus, Nikolay? Das ist phantastisch.«

»Durch die Panama-Klüse? Nein. Warum sollte ich?«, antwortete der Zweite verwundert.

»Panama-Klüse?«

»So heißt die, weil im Panama-Kanal die Leinen für die Lokomotiven da durch laufen.«

Er erkannte am Gesicht seines Passagiers, dass der zwischen Seefahrt und Lokomotiven keine logische Verknüpfung zustande brachte.

»Das ist so«, erklärte der junge Offizier bereitwillig, »in der Schleuse im Panama-Kanal werden Lokomotiven vorgespannt und die ziehen die Schiffe dann da durch. Da geht es recht eng zu.«

»Interessant.« Jan nahm dem jungen Mann die Weste ab. »Haben Sie das selbst erlebt?«

»Noch nicht. Ich qualifiziere mich gerade für große Fahrt. Dann hält mich hier nichts mehr.«

»Fernweh – oder wegen des Mordes hier an Bord?«

»Fernweh. Ich bin nicht abergläubisch.«

»Wo genau ist denn die Frau zu Tode gekommen?«

Nikolay ging zu der Morridge-Winde auf der Backbordseite und zeigte auf eine etwa einen Meter entfernte Stelle.

»Genau da?«

»Ja. Der Rosthammer lag neben ihr. Alles voll Blut. Schlimm.«

»Sie sagten, Grigoriy hat sie gefunden?«

»Ja. Er hat Sergey mit dem Sprechfunk von der Brücke angesprochen, bekam aber keine Antwort. In solchen Fällen schaltet der Wachhabende auf automatische Steuerung um und schaut nach dem Rechten. Er sah Sergey panisch weglaufen. Der kam allerdings nicht weit. Lief Aaron direkt in die Arme. Die Hände des Bootsmanns waren voller Blut.«

Magnusson kratzte sich am Kinn. »Was hat Sergey denn selbst gesagt?«

»Der war wie von Sinnen. Grigoriy und Aaron mussten Alexander zu Hilfe rufen. Sie haben ihn schließlich ins Kabelgatt gedrängt und dort eingeschlossen. Drinnen hat er weiter getobt. Sergey hat immer wieder gebrüllt, er habe ihr nichts getan, sie habe so da gelegen, als er über Deck ging.«

»Wissen Sie, warum die Kriminalpolizei ihm nicht geglaubt hat?«

Nikolay nickte traurig. »Die Fingerabdrücke auf dem Rosthammer. Ich kann es nicht glauben, dass Sergey dazu fähig war! Sie haben ihm bewiesen, dass er mit der Frau zusammen war … Warum bringt er die danach um? Das ist doch idiotisch! Verstehen Sie das? Und doch kann es kein anderer von unserer Mannschaft gewesen sein, weil in der fraglichen Zeit keiner – außer Sergey -, auf dem Vorschiff war.«

Magnusson musterte ihn skeptisch von der Seite. Die Möglichkeit, dass sich zwei einig waren und Sergey am Ende der Dumme, zog der junge Offizier überhaupt nicht in Betracht. Die viel gepriesene Kameradschaft auf See konnte so auch ihre dunklen Seiten offenbaren.

»Sie waren allein. In Ihrer Kammer.«

»Ich? Ja, ich habe geschlafen. Wachfrei. Aufgewacht bin ich erst, als der Kapitän anrief.«

»Das haben die Ihnen geglaubt? Ohne Zeugen?«

»Was denn für Zeugen – beim Schlafen?«, irritiert schlug Nikolay mit den Lidern. »Halten Sie mich etwa für einen Mörder?«

»Schon gut«, beruhigte in Jan, »mich interessiert das nur so aus Langeweile. Für einen wie mich gibt es hier an Bord sonst nichts zu tun. Wo waren denn die Anderen an dem Abend?«

Der Zweite antwortete wie aus der Pistole geschossen: »Grigoriy war auf der Brücke. Er hatte Wache, wie gesagt. Neben uns lief die »Baltic«. Auf der fährt ein Freund von ihm. Immer wenn sie sich auf See begegnen, unterhalten sie sich über Funk und manchmal spielen sie sogar Schach. Auch über große Entfernungen. Obwohl das der Kapitän nicht gerne sieht. Bei uns wird ja alles aufgezeichnet.«

»Was wird aufgezeichnet?«

»Alle Gespräche, die auf der Brücke geführt werden, zeichnet ein Gerät automatisch auf. Haben Sie den Hinweis nicht gesehen?«

»Nein – ich hatte keine Ahnung.« Magnusson dämmerte es. Deshalb waren die Seeleute während der Wachen bei privaten Fragen nicht sehr zugänglich.

»Wozu soll das gut sein?«

»Wie bei Flugzeugen … , so eine »Black Box«. Bei Havarien oder Notfällen dient das Gerät der Erkenntnisgewinnung, was wirklich passiert ist.«

»Dann waren diese Aufzeichnungen für Grigoriy sehr praktisch, weil entlastend?«

»Ja. Der konnte es nun wirklich nicht gewesen sein. Er spielte nachweislich in der fraglichen Zeit Schach. Außerdem ist Grigoriy seiner Verlobten treu.«

Der letzte Satz klang fast schwärmerisch aus dem Mund des Baby-Offiziers.

»Na gut. Weiter.«

»Wie? Weiter?«

»Der Rest der Besatzung.«

»Der Kapitän hat mit dem Chief irgendwelchen Schriftkram erledigt. Alexander, Francis und William hatten ein Problem in der Maschine und waren seit Stunden dort beschäftigt.

Gil, Robert und John Wayne haben Filme geschaut. Auf John's Kammer.«

»Wo war Aaron?« Magnusson hatte mitgezählt. Zwölf Männer gehörten zur Besatzung der »Meta«. Die ermordete Passagierin war die dreizehnte Person an Bord.

»Aaron stand mit der Frau lange an der Reling. Sie haben sich unterhalten. Dann haben Gil und Robert ihn geholt. Er war dran, an diesem Abend das Bier auszugeben. Sie dachten, er wolle sich drücken. Die Frau ist mit ihnen ins Treppenhaus gegangen und sie meinten, die geht in ihre Kammer. Sie muss es sich anders überlegt haben und ist wohl gleich wieder umgekehrt, zum Vorschiff.«

»Mhm. Ist es eigentlich üblich, dass der Bootsmann mit dem Rosthammer arbeitet?«

»Normalerweise benutzen den die Decksleute. Ein Bootsmann ist in der Hierarchie an Bord so etwas wie ein Meister in der Fabrik. Er teilt die Leute zur Arbeit ein und kontrolliert alles. Wahrscheinlich, dass er den Matrosen etwas gezeigt hat – bei uns löst sich ja ständig irgendwo Rost-, oder ein Matrose hat den Hammer nach getaner Arbeit vergessen.«

»Scheint ein ewiger Kampf zu sein – Decksleute gegen Rost?«

Nikolay zuckte ergeben mit den Schultern. »So ist es. Wenn man hinten fertig ist, kann man vorn wieder anfangen. Vor der ‚Meta' war ich auf einem Schiff, da verlangte der Reeder, dass wir ständig Schleifpapier in der Hosentasche trugen und jede winzige Roststelle sofort entfernten … « Ein Knistern und Knacken aus dem an seinem Gürtel baumelnden Sprechfunkgerät unterbrach ihn. Der Baby-Officer griff danach und meldete sich.

Magnusson verstand leider kein Wort.

»Wir laufen Göteborg an. Lotsenkreuzgrund. Der Lotse kommt an Bord«, fügte er, sich zügig in Bewegung setzend, für Jan noch erklärend hinzu.

Tatsächlich, an der Bordwand der »Meta« hielt sich das Lotsenboot parallel. Eine Luke wurde geöffnet und der Lotse, ein beleibter Mann mit schwarzer Lockenpracht, wagte den beherzten Schritt von einem schwankendem Schiff zum anderen. Hilfreiche Hände streckten sich ihm aus der Luke des Frachters entgegen nachdem er die Leiter erklommen hatte und verhinderten so, dass sein Fuß ins Leere trat. Auch bei nur – wie heute –, leichtem Seegang, ein Schritt, der Mut erforderte.

87

Magnusson zögerte nicht. Er eilte über das Deck, den Gang unter den Containern entlang, hastete das Treppenhaus hinauf und öffnete leise die Tür zur Brücke. Der lockenköpfige schwedische Lotse zog gerade seinen Parka aus, warf ihn achtlos in die Sitzecke und grinste Jan auffordernd an: »Heij – Stürmann!«

Der so Angesprochene hob abwehrend die Hände: »Sorry! I'm not …«. Weiter kam er nicht. Aaron hatte lautlos seinen Platz als Rudergänger eingenommen und verständigte sich mit dem Lotsen durch ein wortloses Kopfnicken, worauf der Schwede in ein meckerndes Lachen ausbrach, Magnusson auf die Schulter klopfte und ein tröstendes »Take it easy« von sich gab. Dann wandte er sich Korygin zu und zwischen den beiden, die sich offensichtlich schon länger kannten, entspann sich ein fachliches Palaver, in dessen Ergebnis der Kapitän in die Steuerbordnock ging. Dies erschien Magnusson auch dringend nötig, denn, wie er sah, lief die »Meta« zwischen lauter kleinen, nackten Felseninseln auf die schwedische Küste zu. Diese Schäreninseln bildeten sicher einen Anziehungspunkt für die zahlreichen kreuzenden Segelboote und Jollen, für ein Frachtschiff wie die »Meta« bedeuteten sie Gefahr. Ein auf Grund gelaufenes Containerschiff war nur schwerlich wieder frei zu schleppen. Für den Lotsen offenbar kein Grund zur Sorge, seine gute Laune trübte sich nicht. Über die Distanz vom Steuerpult zur Brückennock hin redete er fröhlich weiter mit dem Kapitän, der aus dieser, für ihn besseren Sicht den Abstand zu den Felsen überwachte. Die Geschwindigkeit deutlich gedrosselt, lief die »Meta« ruhig und sicher dem Hafenbecken entgegen. Aaron stand bewegungslos, einer Statue gleichend am Ruder, nur seine Hände drehten es einige Grad, nachdem er den ihm vom Lotsen angesagten Kurs wiederholte. Lag der Kurs an, meldete er ihn abermals. Doppelte Sicherheit, dachte Magnusson. Soll schon vorgekommen sein, dass der Rudergänger Backbord-Befehl bekam und aus unerfindlichen Gründen Steuerbord steuerte. Unangenehm, wenn das hier in diesem Schären-Labyrinth passierte.

Der Lotse machte ihn auf eine Insel mit einem einzigen roten Holzhaus mit Fahnenmast davor darauf aufmerksam. Traumhaft – aber wohl für normal Sterbliche auch in Schweden unerschwinglich.

Das Hafenbecken öffnete sich ziemlich weitab von der Altstadt. Überall das gleiche Dilemma. Die Schiffe wurden immer größer, selbst für Zubringer wie die »Meta« mussten die alten Häfen teilweise ausgebaggert werden. Geschaffen wurden allerorten neue Kai-Anlagen, tiefere Fahrrinnen und alsbald lag der Hafen irgendwo im Nirgendwo. Die Zeiten, wo Hafen und Stadt eins waren, vorbei. Im guten, alten Hamburg zwar noch nicht, doch bei der Gigantomanie der die Schiffsbauer in unseren Zeiten unterworfen waren, wohl auch nicht mehr für ewig.

Schneller als gedacht, hatten sie die Schären-Insel-Welt passiert. An der Pier fuhren bereits die Festmacher mit ihrem kleinen Auto vor und der Magnusson vertraute Betrieb des sich langsam der Kaimauer Näherns und Festmachens setzte ein. Kommandos wurden zwischen

Pier und Deck hin und her gerufen, das Bugstrahlruder drückte den Frachter vorsichtig an die Hafenmauer. Ein letztes Erzittern des Stahls, dann gab Korygin den Befehl »Maschine aus«.

Zwischen Lotsen und Kapitän nochmals ein öfters vom meckernden Lachen des Lotsen unterbrochenes Wortgeplänkel, dann schnappte sich der dunkle Wuschelkopf seinen Parka und ging, geleitet von Aaron, wieder von Bord. Magnusson bedauerte, von der soeben geführten heiteren Unterhaltung nichts mitbekommen zu haben. Sein Englisch war einfach im Laufe der Jahre leider nur noch in Fragmenten im Gedächtnis geblieben. Entschwunden wie so Vieles, Gutes und Schlechtes.

Korygin wirkte zufrieden, trotz des ausgefallenen Zylinders.

»Schon was vorgenommen? Wir liegen hier bis morgen früh, der Agent soll noch vor dem Frühstück mit den Kolbenringen eintreffen.«

»Ja, Volodya spielt den Fremdenführer.«

»Na – dann ist ja bestens für Unterhaltung gesorgt, mit dem werden Sie sich garantiert nicht langweilen.«

»Und Sie, Kapitän? Nutzen Sie den verlängerten Aufenthalt nicht für einen Landgang?«

Korygin verschränkte amüsiert grinsend die Arme vor der Brust. »Sie glauben wohl, unmittelbar nach dem Festmachen ist mein Job erledigt und nun beginnt für mich der gemütliche Teil? Da irren Sie gewaltig. In den Häfen schwappt eine ständig steigende Flut von Papierkram auf mich zu. Zoll, Eindeklarieren, Immigration, Löschen und Laden, Frachtübernahmen spezieller Art, Protokolle für den Reeder, Bestandslisten, Kontakt mit dem Agenten, Personalprobleme, manchmal auch Proviantversorgung und nicht zu vergessen: Ersatzteilbeschaffung. Wenn jetzt gleich das Löschen beginnt, sitze ich in meiner Kammer und amüsiere mich mit zehn Aktenordnern. Ab und zu auch mit den diese Bürokratie aushecken den Beamten.«

»Tja, schon vom schweren Seemannslos gehört, aber so schlimm hab' ich mir es doch nicht vorgestellt«, antwortete Magnusson mit einem falschen Ton des Bedauerns in der Stimme.

»Weil Sie gerade Personalprobleme erwähnten: Hegen Sie eigentlich noch die Hoffnung, dass Ihr Bootsmann wieder zurück an Bord kommt?«

»Sergey?« Korygin kratzte sich nachdenklich am Kopf.

»Ich werde – wie Sie sich denken können –, nicht über den Verlauf der Gerichtsverhandlung informiert. Für ihn selbst und für seine Familie wäre es selbstverständlich wünschenswert, wenn das Urteil auf Totschlag statt auf Mord lauten würde. Ich weiß nicht, ob mildernde Umstände eine Bewährungsstrafe für denkbar halten. Keine Ahnung. Wenn Sie mich fragen, bei mir könnte der Junge jederzeit wieder anheuern. Unter den Seeleuten gibt es hin und wieder mal einen, der Mist baut. Das sind nicht immer die von der schlechtesten Sorte. Manchmal kommt es in einer Hafenkneipe nach reichlich Alkoholgenuß zur einer Schlägerei, einer fällt ungünstig und ist tot. Schicksal eben.« Der Kapitän schwieg und hing seinen Gedanken nach.

Magnusson schluckte die ihm auf der Zunge liegende Frage hinunter. So viel hatte er mitbekommen: Wenn Korygin stur das Gespräch beendete, galt es, ebenfalls den Mund zu halten. Er meldete sich fast militärisch korrekt ab.

Korygin zeigte keine Reaktion.

Kaum lag die »Meta« fest, begann der vertraute Löschbetrieb. Francis und William lösten die Laschstangen der Container. Vier Schweden in Arbeitszeug und Schutzhelmen kletterten an Land in eine Art Käfig von der Größe eines Norm-Containers, wurden vom Kran hochgehievt und über einen der obersten Container an Deck positioniert. Dort knieten sie auf den Boden ihrer Käfigplatte und öffneten die Twist-Locks, der Kran zog auf ein Handzeichen hin an und setzte die Fracht an Land. Er sah Gil und Francis meterlange Lasch-Stangen transportieren.

Ohne diese Sicherungen würde so mancher Container bei schwerer See über Bord gehen.

Magnusson verspürte wenig Lust, die Zeit bis zum Mittagessen in seiner Kammer zu verbringen. Andererseits durfte er sich während des Lösch- und Ladebetriebes nicht an Deck aufhalten. Unschlüssig stieg er von der Brücke zum darunter liegendem Deck, auf welchem der Kapitän und Grigoriy ihre Kammern hatten. Anzunehmen, dass diese etwas größere Ausmaße besaßen als die sonst üblichen. Grigoriys Kammertür stand offen. Hatte der nicht gesagt, er solle mal vorbei schauen? Wenn er Volodyas Verhaltenskodex zu Grunde legte, bedeutete die geöffnete Tür geradezu eine Einladung. Jan spähte hinein. Er hüstelte und klopfte mit der Faust gegen die Türfüllung. Keine Reaktion. Niemand zu Hause. Die Kammer des Schiffsoffiziers war mit den gleichen, Büro- Möbelteilen bestückt wie auch die Eignerkammer. Auf dem Fußboden lag Linoleum, welches Parkett imitierte, der breite Schreibtisch mit der darüber befindlichen Schiffsuhr war mit irgendwelchem dienstlichen Papierkram bedeckt, ein Bücherregal beherbergte zahlreiche maritime Literatur. Statt der gepolsterten Eckbank gab es ein richtiges Sofa und einen fest gelaschten Couchtisch davor. Da es zwei weitere Türen gab, verfügte Grigoriy über einen separaten Schlafraum neben der übliche Nasszelle. Durch das einen Spalt offene bulleye drang Stimmenlärm bis nach oben. Magnusson trat in die Kammer und sah unten Grigoriy wild gestikulierend übers Deck eilen. Zwischen den Papieren in seinen Händen und denen in den Händen der Lösch-Gang herrschten offenbar Unstimmigkeiten. Unwahrscheinlich, dass der Erste in den nächsten Minuten plötzlich in der Tür stehen würde. Gelegenheit für Magnusson, sich ein wenig umzuschauen. Neben dem Bücherregal gab es eine Bilderwand. Amateurfotos neben käuflich erworbenen, repräsentativen Bildern von Frachtschiffen mit Klebeband und Reißwecken befestigt. Neugierig studierte er die ältesten Aufnahmen dieser Privatgalerie. Auf langsam verblassenden Farbfotos ein junger Grigoriy. Vor der Kulisse ferner Häfen oder exotischer Küsten-Landschaften. Mal in einem ganzen Pulk dunkelhäutiger Schönheiten, mal mit einer einzelnen Asiatin. Dann wieder Schnappschüsse vom Deck eines Stückgutfrachters, im Hintergrund unzweifelhaft Korygin erkennbar. Auf einem anderen Foto hielt Grigoriy, in Badehose breitbeinig an Deck stehend, ein junges Bikini-Mädchen in den Armen. Leider war das Gesicht des Mädchens nicht erkennbar, weil sie sich in dem Moment der Aufnahme abwandte. Grigoriy dagegen strahlte wie ein Honigkuchenpferd in die Kamera. Magnusson dachte, dass er noch nie einen so glücklichen Menschen gesehen hatte. Die verblüffende Ähnlichkeit des Ersten mit diesem amerikanischen Schauspieler weckte die Vorstellung, hier eine Szene aus einem Liebesfilm abgelichtet zu sehen.

Dicht daneben eine größere Fotografie vom offensichtlich selben Schiff mit einer anderen Deck-Szenerie. Besatzungsmitglieder in Arbeitszeug und eine Handvoll junger Mädchen in bunten, kurzen Kleidern umstanden Grigoriy im Halbkreis. Wenn er Statur und Haarfarbe verglich, musste die hübsche Brünette neben dem Russen wieder das Bikini-Mädchen sein. Magnusson fingerte seine Lesebrille aus der Brusttasche, um erkennen zu können, was dort abgelichtet war. Während die Seeleute auf dem Foto eher ernst schauten, spiegelte sich auf den Gesichtern der Mädchen gierige Aufregung. Ihre Mienen zeigten deutlich, dass sie etwas geboten bekamen, was sie aus der Masse der seefahrenden Passagiere heraus hob. Jetzt erkannte er auch, was diese jungen Dinger derart in Sensationsgier versetzte. Auf Deck lag ein großer Fisch. Ein Hai. Er lebte noch, wie die Verwackelung der Aufnahme durch die schlagende Schwanzflosse verriet. Grigoriy, der vor dem

Hai kniete, schickte sich gerade an, dem Fisch mit einem großen Messer die Flossen abzutrennen.

Angewidert wandte Magnusson sich ab. Ja, er hatte davon gehört, dass Seeleute ihrem Hass auf Haie auf diese Weise freie Bahn ließen und die Fische, derartig massakriert und einem qualvollen Tod geweiht, lebend wieder ins Meer warfen. Grigoriy also. Der so harmlos und nett erscheinende attraktive Mann war zu einer solchen Brutalität fähig. Doch es war nicht Grigoriy, der ihn wirklich überraschte. Es waren die Mädchen. Er dachte an seine eigene Tochter. Jasmin. Als die in dem Alter war, brachte sie oft verletzte oder kranke Tiere angeschleppt. Er erinnerte sich an zahlreiche aufgepäppelte Igel, mit der Flasche aufgezogene mutterlose Katzen und aus dem Nest gefallene Vögel, für die er nach fetten Würmern graben musste. Ein Mädchen voller Mitgefühl und Verantwortungsbewusstsein gegenüber den Mitgeschöpfen. So, wie er Jasmin kannte, hätte sie versucht, Grigoriy das Messer aus der Hand zu winden, wäre sie mit in diesem Trupp junger Mädchen gewesen. Früher war Brutalität typisch männlich. Bisher. Diese jungen Weiber, die sensationslüstern auf das starrten, was sich gerade vor ihren Augen abspielte, nur die Vorhut eines generell veränderten weiblichen Verhaltens? Tauchten in den Polizeiberichten nicht immer öfter junge Mittäterinnen auf, welche – wenn sie auch häufig nicht selbst Hand anlegten -, die männlichen Täter zu unfassbarer Brutalität anstachelten? Der Polizeipsychologe behauptete stets stur, Gewalt sei »männlich«. Wenn ihn da mal nicht die Realität überholt.

Wie hieß er doch gleich? Freitag? Ja, Freitag hieß der. Nach jahrzehntelanger Beschäftigung mit den grausamsten Verbrechern war Freitag zum Zyniker geworden. Er verkündete bei jeder sich bietenden Gelegenheit seine Thesen und forderte, die ausufernde Kriminalität mittels Deportation in den Griff zu bekommen. Gleich und gleich gesellt sich gern. Besonders zur Mittagszeit in der Kantine diskutierte er mit Vorliebe über die mögliche Verwendung dieser oder jener geographischen Areale. Er legte ausführlich die Anforderungen an seine Straflager-Modelle dar und schreckte auch nicht davor zurück, auf historische Beispiele aus der sowjet-russischen Vergangenheit zurückzugreifen. Ihm schwebte so eine Art Dschungelcamp in Sibirien vor. In Erinnerung an die hitzigen Diskussionen in den Mittagspausen schüttelte Magnusson den Kopf. Selektion als Mittel der Wahl? Die Kriminellen von den Nicht-Kriminellen trennen, ohne überfüllte Gefängnisse? Vielleicht hatte Freitag im Prinzip gar nicht so unrecht. Neulich erst ging ein Fall durch die Medien. Ein Triebtäter, der – in Freiheit entlassen –, nun abwechselnd rund um die Uhr von etwa zwanzig Beamten überwacht wurde. Blanker Irrsinn, wenn man hoch rechnet, was der Steuerzahler dafür allein in einem Jahr aufbringen muss. Der, der Steuerzahler, löst das Problem inzwischen auf eigene Weise. Ohne Hilfe des Staates. So mancher unbescholtene Bürger hat eine Waffe im Haus. Ganz legal – als Mitglied eines Schützen-Vereins.

Er besann sich wieder auf den Ausgangspunkt seiner Überlegungen. Die aufgekächerten Weiber. Magnusson dachte an die zunehmende Zahl sensationsgieriger Schaulustiger, die bei schweren Verkehrsunfällen erst mal Aufnahmen mit der Handykamera machten. Es interessierte diese Gaffer einen Dreck, dass sie damit die Rettungskräfte behinderten und – im schlimmsten Fall – indirekt verantwortlich für den Tod des Unfallopfers waren.

Vernunft, Mitgefühl, Empathie – auch mit so einer Kreatur wie dem Hai, der keineswegs vom Wesen her böse ist, sondern einfach seiner Raubtiernatur gehorcht – schwindet das immer mehr aus dem menschlichen Denken? Befinden wir uns in einer Phase der Regression, einer Abwärtsentwicklung, wieder hin zu dem Reptiliengehirn, welches uns einst in grauer Vorzeit steuerte?

Oder kündigt sich einfach nur eine Spaltung der menschlichen Gesellschaft an? Auf der einen Seite die Minorität der gebildeten Erfolgreichen, deren Emotionen nicht von einer Fernsehshow gesteuert werden, die noch eine humanistische Bildung genießen und andererseits eine verrohte, unwissende Mehrheit? Verschwanden die dazwischen, zu denen auch Magnusson sich zählte, die ganz normalen Leute also, die ihr Leben mit Vernunft, moralischen Werten und Geschick steuerten und sich zu den ihnen von den manipulierenden Medien präsentierten Sensationen eine gesunde kritische Distanz bewahrten, von der Bildfläche? Die unwiderrufliche Auflösung der Mittelschicht?

Was für Gedanken. Unnütze Fragen, rief er sich selbst zur Ordnung. Er konnte den Lauf der Welt nicht ändern.

Anstatt sich hier in philosophische Dimensionen zu vergaloppieren, sollte er sich lieber auf das konzentrieren, was ihn auf dieses Schiff brachte.

So viel Zeit, etwas Entlastendes für Sergey herauszufinden, blieb ihm nicht mehr. Dieser heimliche Blick in die Kammer des ersten Offiziers offenbarte ihm, dass der Mann keineswegs ein sanfter Schönling ist. Jan Magnusson drehte sich um und wollte die Kammer ebenso leise wieder verlassen, wie er sie betrat. Bei der Kehrtwendung stieß er gegen einen auf dem Schreibtisch stehenden Pappkarton. Mit einem lauten Scheppern rutschte der zu Boden. Jan lauschte erschrocken, dann bückte er sich, hob den Karton auf. Der Deckel war verrutscht und der Inhalt, zahlreiche Musikkassetten – die Vorläufer der CD – teilweise heraus gefallen. Hastig sortierte er sie wieder ein und stellte den Karton zurück. Seeleute hören viel Musik an Bord, der Erste wird nostalgische Erinnerungen mit der veralteten Technik verbinden und sich deshalb noch nicht davon getrennt haben. Sein Magen knurrte laut und erinnerte ihn an das Mittagessen. Wohltuend, danach ein Schläfchen einzuplanen. Der geplante Landgang mit Volodya heute Abend erforderte einen frischen Magnusson.

Göteborg

Entschuldigend hob Magnusson die Arme. »Die Ausgehuniform habe ich leider nicht dabei.«

Er trug seine Jeans und ein helles Hemd. Darüber die warme Jacke.

»Okay«, grinste Volodya, »mehr wäre schon zu viel.« Der Chief hielt demnach nichts von den Geschniegelten und Gebügelten. Er hatte sich über sein Ringelshirt einfach den Seemanns-Troyer gezogen und es beim Durchkämmen der schwarzen Locken belassen. Lediglich der herb-würzige Geruch seines Rasierwassers verriet seine Absichten.

Sie nahmen gleich die Außentreppe. Unten, neben der Gangway, stand ein Taxi.

Volodya zündete sich eine Zigarette an. »Wir warten noch auf jemand. Übrigens ein Landsmann von Ihnen.« Er deutete auf ein schwedisches Schiff hinter der »Meta«.

Magnusson sah dort einen Mann die Gangway herab eilen. Ein kleiner Dicker, der beim Laufen heftig mit den Armen ruderte. Völlig außer Atem beim Taxi angekommen, schüttelte er Magnusson erfreut die Hand: »Sepp Wallbergel aus Landshut. Ich bin Smutje auf der »Midsommar«. Volodya und ich sind Geschäftspartner. Kleine Wodka-Geschäfte«, fügte er augenzwinkernd hinzu.

Magnusson saß hinten im Taxi neben dem dicken Sepp. »Ich will in die Einkaufsstraße. Muss was erledigen. Dauert aber nicht lange.«

Im historischen Stadtteil Majorna säumten niedrige, dreistöckige Häuser aus Holz und Stein die malerischen

Gassen. Im 19. und 20. Jahrhundert haben vor allem Seefahrer und Hafenarbeiter hier gelebt. Sie fuhren über kopfsteingepflasterte Gassen bis in die historische Altstadt Haga. Dort angekommen, bezahlte Volodya den Fahrer.

Sie einigten sich darauf, sich nach einer Stunde an dieser Stelle wieder zu treffen.

Ohne Zeit zu verlieren, stürzte Magnusson in das nächstgelegene Schuhgeschäft. Leider ergebnislos. Keine der Verkäuferinnen verstand, was er suchte. Obwohl sie zahlreiche Schuh-Kartons herbei schleppten und in charmantem Schwedisch die Eleganz der hohen Absätze am eigenen Bein demonstrierten, die von Marlene gewünschten Sohlen mit dem über Wolken gehenden Engel entdeckte er nirgends. Nachdem er aus dem ersten Laden geflüchtet und in zwei weiteren Geschäften die Verkäuferinnen mit seinem Wunsch in hektische, jedoch ebenfalls ergebnislose Betriebsamkeit versetzt hatte, gab Jan auf. Er brauchte dringend ein Bier. Diese ergebnislose Suche nach Schuhen, die keiner kannte, erschöpfte. Unerklärlich, wie Frauen an solcherart Quälerei von Geschäft zu Geschäft Vergnügen finden konnten und es euphemistisch »Einkaufsbummel« nannten.

Erschöpft nahm er neben seinen beiden Begleitern am Tisch eines winzigen Restaurants in der Altstadt Platz.

Sepp Wallbergel zappelte aufgeregt mit den Füßen. Wahrscheinlich dauerte es ihm einfach zu lange, bis Magnusson sein Bier ausgetrunken hatte.

»Wohin jetzt?«

Volodya grinste. »Wollen Sie sich alte Häuser von außen angucken oder drinnen was erleben?«

»Was erleben!«

Auf dem Weg durch die Gassen redete Wallbergel unaufhörlich. Über seine Jugend bei der Handelsschifffahrt, die bayerische Heimat, über das schwedische Schiff, über die Schweden im allgemeinen und die Schwedinnen im besonderen.

»Wissen Sie, dass Prostitution in Schweden und Norwegen offiziell verboten ist?«

»Damit habe ich mich bisher noch nicht beschäftigt«, Magnusson fragte sich, wo die beiden hinsteuerten, »und wie regeln das die Schweden?«

»Ganz einfach: Über private Clubs. Geschlossene Gesellschaften.«

»Aha! Und wir sind quasi heute Abend geladene Gäste?«

»Jaaa, … der Volodya ist schon ein Schlitzohr!«

Die Tür, vor welcher der Chief schließlich stehen blieb, hätte Magnusson glatt übersehen. Ein größeres Holzhaus, weiß gestrichen, mit schwedischen Nationalflaggen in den üppig bepflanzten Blumenkästen. Wenn an diesem Haus etwas auffällig war, dann höchstens die an allen Fenstern herunter gelassenen roten Jalousien. Vor dem Haus eine ebenfalls rot gestrichene Bank, auf der ein blonder Hüne in der Abendsonne fläzte. Er schob seine Sonnenbrille kurz hoch, Volodya hielt ihm eine Art Mitgliedskarte im Scheckkartenformat vor die Nase und der Schwede stand artig auf und öffnete ihnen die Tür.

Drinnen Halbdunkel. Vor die Fenster waren zusätzlich dicke, dunkelrote Samtvorhänge gezogen. Ein größerer Raum, in dessen Mitte sich eine freie, verspiegelte Fläche mit Stangen befand, ausgeleuchtet mit rötlichem Licht. Um die Spiegelfläche herum kleine Tische mit Stühlen gruppiert. Wenige Gäste, die, kaum erkennbar, im hinteren, fast dunklem Bereich des Raumes saßen und tranken. Zu früh, dachte Jan, wir sind zu früh dran. Der richtige Betrieb geht hier offensichtlich erst viel später los. Ein Paillettenvorhang vor einer Tür teilte sich, eine üppige Blondine im schwarzen Smoking eilte auf hohen Absätzen heran und begrüßte sie in gutturalem Schwedisch. Die Smokingjacke gewährte tiefe Einblicke auf ihre von fachchirurgischer Hand perfekt modellierten großen Brüste. Die Dame schien bereits ein reiferes Semester zu sein. Zwar zeigte das faltenfreie Gesicht keinerlei Altersspuren, doch ein Blick auf ihre mit grellroten, langen Nägeln verzierten Hände verriet Magnusson mehr, als Körper und Gesicht verheimlichten.

Nach einigem Hin und Her stellte sich heraus, dass die Show erst in einer halben Stunde beginnen würde und die Herren sich schon einmal »bekannt« machen sollten. Auf ein Handzeichen ihrerseits hin teilte sich der Paillettenvorhang nochmals und eine bunte Reihe Mädchen marschierte heraus.

Magnusson zählte neunzehn Mädchen. Er konnte nicht genau definieren, ob man die Girls als »bekleidet« oder »unbekleidet« bezeichnen sollte. Eine trug zum Stringtanga nur glitzernde Hosenträger, eine schmalhüftige Schwarzhaarige zeigte ein plüschiges Hasenschwänzchen am Slip, Asiatinnen waren in durchsichtige Gaze gewickelt und natürliche wirkende Mädchen erinnerten an barbusige Schulmädchen im knappen Mini. Eines war allen gemeinsam: Sie waren durch die Bank nicht älter als Zwanzig und ausgesucht hübsch. Magnusson fragte sich, woher das Etablissement wohl seine Liebesdienerinnen rekrutiere. Die Antwort konnte er sich selbst geben: Der Großteil der Mädchen kommt aus Osteuropa. So läuft das heute. Das horizontale Gewerbe hat überall – nicht nur auf der Reeperbahn – herbe Einbußen verkraften müssen. Keine Hure kann heute mehr selbstsicher zu ihrem Zuhälter sagen, sie verdiene ihm einen italienischen Sportwagen. Verursacht wurde die Misere vor allem durch das Internet. Viele Männer, die früher nach harten Arbeitstagen ihr Wochenende in der Herbertstraße von St. Pauli begannen, suchten heutzutage in den Partnerbörsen des Internets nach geeigneten Kontakten zu gleichgesinnten Damen, besuchten mit diesen Swinger-Clubs oder finden Gefallen am Voyurismus vor dem Computer. Alles kostengünstigere Varianten als der Besuch bei einer Prostituierten. Zu allem Übel blieben nun auch noch die Seeleute in den Hafenstädten aus. Deren Reeder rechneten mit spitzem Bleistift und hielten die Liegezeiten so knapp wie nur möglich.

Volodya fackelte nicht lange, hielt die Schwarze mit dem Stummelschwänzchen am Handgelenk fest und begann sogleich, sich auf russisch mit ihr zu unterhalten. Jan verstand von dem Gerede sowieso nichts und wurde außerdem von der blonden Smoking-Dame abgelenkt, die ihm eine Getränkekarte mit darin aufgelisteten sündhaft teuren Spirituosen vor die Nase hielt. Wallbergel, der sich hier auskannte, deutete auf ein Getränk am unteren Ende der Karte und hielt drei Finger hoch. Die Lady bedachte ihn mit einem mitleidigen Blick und stöckelte davon.

»Die Saubande nehmens hier von den Lebendigen«, erklärte ihm der Bayer, »wenn Du nicht aufpasst, bist Du an einem Abend die gesamte Heuer los. Aber net mit mir – ich habe Bier bestellt. Ist doch recht, oder?«

Magnusson bestätigte ihm, dass er ebenfalls nicht vor hatte, sich hier ausnehmen zu lassen. Die Schwarze ging an die Bar und kam mit einem Glas Sekt für sich zurück. So ungefähr wusste Magnusson jetzt, was Volodya dafür zu zahlen hatte.

»Und Sie, Sepp?«, fragte er den dicken Koch, »Keine dabei, die Ihnen gefällt?«

Der schüttelte amüsiert den Kopf. »Doch – schon. Das kann ich woanders jedoch weitaus günstiger haben. Wir gehen übermorgen nach Südostasien raus. Ich schaue mir die Show an und lasse mich inspirieren. Und Sie?«, fragte er grinsend.

»In meinem Alter ... «, sagte Jan ausweichend.

Wallbergel lachte. »In Ihrem Alter? Schauen's doch amol dahinten hie! Das ist hier die reinste Seniorenbegegnungsstätte!«

Magnusson ließ seinen Blick unauffällig durch den Raum schweifen und musste auch grinsen. »Deshalb halte ich mich lieber zurück. Die Mädchen werden sich eher Kunden wie Volodya wünschen, als den nächsten alten Knacker, der sich hier wie ein Krösus vorkommt. Apropos, wo ist denn die Ihre hin entschwunden, Volodya?«

Der Russe schenkte sich selbst das gerade gebrachte Bier ein, prostete den beiden anderen zu, nahm einen großen Schluck, wischte sich den Schaum vom Mund und zeigte mit dem Daumen zur Decke. »Beschäftigt.«

Magnusson nickte verständig. »Mal was anderes …, die Sache geht mir einfach nicht aus dem Kopf … wer von der Mannschaft hatte denn eine eher negative Einstellung zu der Passagierin?«

»Der Alte. Der hat sich von Anfang an weg gedreht, wenn sie zu ihm auf die Brücke kam. Der mochte wohl ihr Parfüm nicht. Kann gar nicht verstehen, was es daran auszusetzen gab. Aber so ist er nun mal. Eigentlich will er überhaupt keine Frauen an Bord haben. Was soll er machen, die Reederei nimmt zahlende Passagiere beiderlei Geschlechts auf und die wollen sich natürlich die Brücke anschauen. Wenn die Ladys ihm mit ihrem Geplapper auf die Nerven gehen, stellt er sich einfach an den Kartentisch und koppelt.«

»Was macht er?«

»Er koppelt. Mit dem Zirkel und Winkeln auf der Seekarte. Er stellt – angeblich – wichtige nautische Berechnungen an. Dafür bittet er sich Ruhe aus. Die Damen wissen ja nicht, dass heutzutage jeder Kurs vom Computer berechnet wird.«

Der Chief lacht in sich hinein. »Einmal hat ihn eine so mit ihrem dämlichen Geschwätz in Wut gebracht, dass er mit dem Fernglas in die Brückennock geflüchtet ist. Im

Winter! Wir fuhren nach Finnland, der Eisbrecher immer voraus. Der Frau hat er gesagt, er müsse nach Eisbergen Ausschau halten.«

Der Bayer schlug vor Vergnügen mit der flachen Hand auf den Tisch. »Da leg'st di nieder. Als ich noch für die Hapag gefahren bin, hatten wir einen Alten, der war im Krieg schon bei der Marine. Der hatte so einen Spruch: Weiberrock an Bord bringt nur Streit und Mord!«

Magnusson konnte sich die Szene gut vorstellen. Für einen maulfaulen, seinen Gedanken nachhängenden Seemann wie Korygin waren dumme, unaufhörlich schwatzende Weiber sicher eine rechte Plage. Das alte Lied: Die, die pausenlos redeten, sollten besser den Mund halten. Dagegen erfuhr man von denen, die wirklich was zu sagen hätten, nur wenig.

»Und sonst? Nur eitel Freude an der Dame?«

Der Paillettenvorhang teilte sich und die schwarzhaarige Russin löste ihre Hand von der eines reiferen Herrn, der sich beim Gehen zu seinem Tisch den Gürtel schloss. Sie steuerte lächelnd auf Volodya zu, der erhob sich und nahm noch schnell einen Schluck Bier.

»Na ja, Aaron wurde ziemlich ungemütlich, als er merkte, dass Gil ihr Interesse erregte.« Jan hob fragend die Schultern.

Der Chief legte seinen Arm um das Mädchen. Er wandte Magnusson seinen Kopf über die Schulter zu. »Nie davon gehört? Zwei Männer – die ein Paar bilden?« Dann verschwand er mit dem Mädchen.

Der zartgliedrige Gil und Aaron. Das war ein völlig neuer Aspekt. Angeblich hatte sich Aaron lange mit der Dame auf Deck unterhalten. Was, wenn diese Unterhaltung in eine feindselige, von Eifersucht geprägte Richtung lief . . .? Anschließend soll die Frau allein zum Vorschiff gegangen sein, traf auf Sergey und wurde von ihm bei den Morridge-Winden erschlagen. Das Motiv völlig im Dunkeln. Jans Gedankengänge wurden von Musik unterbrochen. Die Tanzfläche von einem Spot beleuchtet. In dessen Lichtkegel sah man jetzt eine überdimensionale Sektschale. In der lag ein nacktes Mädchen. Unter Mithilfe zweier Gäste kletterte sie heraus und produzierte sich in akrobatischen Verrenkungen an den Stangen der Tanzfläche.

In der Pause fragte ihn der Bayer mit leuchtenden Augen: »Nicht schlecht – was?«

Magnusson nickte ergeben. Wozu sollte er ihm auch erklären, was er für erotisch hielt. Dieser Nepp gehörte garantiert nicht dazu. Magnusson war einmal mit einer Reisegruppe in Paris gewesen. An einem Abend hatte er sich von der lauten, aufgekratzten Reisegesellschaft getrennt und war allein in ein Nachtlokal gegangen.

Die Sängerin dort war eher züchtig in ein bodenlanges, hochgeschlossenes Kleid gewandet, das lange rote Haar zum Knoten im Nacken geschlungen. Lediglich ihre Arme waren nackt und mit langen, bis auf die Oberarme hinauf reichenden, schwarzen Handschuhen bekleidet. Sie sang mit tiefer, rauchiger Stimme Chansons. Bei ihrem letzten Lied, welches davon erzählte, dass sie Tag und Nacht auf den Mann den sie liebte, wartete, zog sie sich ganz langsam ihre Handschuhe aus. Dieses langsame Ausziehen der Handschuhe, der melancholische Blick aus halb geschlossenen Augen, dazu ein kehliges Französisch mit tiefer, samtener Stimme ... Das war für ihn der Inbegriff von Erotik, nicht diese hier vorgeführten gymnastischen Übungen von Oberschülerinnen. Kein Wunder, dass er sich in Marlene verliebte, deren Stimme ebenfalls diese samtenen Tiefen erreichte und die, wie er erst kürzlich – anlässlich einer Begegnung mit nach dem Weg fragenden französischen Touristen – verblüfft feststellte, ebenso ein kehliges Französisch sprach.

Wallbergel blickte immer wieder auf seine Armbanduhr. »Volodya müsste bald zurück kommen ... bei den Preisen in diesem Laden ... Na ja, der hat wohl einiges nachzuholen. Als ich ihn das letzte Mal traf – da waren wir aber in einem gesitteteren Lokal – ging es für ihn mit der Lady, die er dabei hatte, ziemlich übel aus. War eine Passagierin vom Schiff.«

Magnusson horchte auf. »Wie sah die denn aus?«

»Mitte, Ende Dreißig würde ich sagen. Attraktiv. Brünett.« Der Bayer dachte einen Moment nach. »Die hat ihm vor allen Leuten eine geknallt und ist dann allein zurück zum Schiff. Volodya war ihr wohl zu dreist geworden ... Ist ja auch schwer für unsersgleichen, von den Nutten auf so eine normale Lady umzuschalten.

Magnusson wollte etwas sagen, wurde aber von einem Scheinwerfer geblendet. Die Show ging weiter. Ein weiteres Mädchen trat auf hohen Absätzen vor das Publikum und übte sich in Verrenkungen, bei denen sie sich ins Publikum begab und sich dem einen oder anderen auf den Schoß setzte. Dabei zeigte sie, dass sie nichts unter ihrem Schulmädchen-Mini trug. Zu guter Letzt steuerte sie direkt auf Magnusson zu, fuhr mit ihren Fingern durch seine Haare und setzte ihren Fuß auf seinen Oberschenkel. Dieser Fuß mit den hohen Absatzschuhen richtete sich kurz gegen seinen Oberkörper bevor er zum Schenkel zurückkehrte und wieder hinauf wanderte. Magnusson packte mit beiden Händen das Fußgelenk und drehte die Sohle nochmals in seine Blickrichtung. Tatsächlich, darauf war ein Engel geprägt. »Jo mei, i gloab's net! Der Rentner!«, entfuhr es Wallbergel.

Zu Magnussons Glück tauchte gerade der Chief wieder auf, den er für seine Zwecke einspannen konnte. Und nachdem der auf russisch von dem Mädchen das Geschäft in Erfahrung gebracht hatte, welches die Pumps führte, ließ er sich die Geschäftsadresse auf einen Zettel schreiben, warf einen Geldschein auf den Tisch, verlangte nach einem Taxi und versicherte dem sprachlosen Volodya, er werde noch vor ihm wieder an Bord sein.

Keine Stunde später lag Jan auf seiner Koje. Seine Beute – ein paar schwarze Stöckelschuhe –, stand auf dem Schreibtisch. Marlene wird große Augen machen, wenn sie erfährt, dass er erst ein Bordell besuchen musste, um ihren Wunsch erfüllen zu können.

4. Seetag

Das vertraute Brummen und Vibrieren des Diesels weckte Magnusson am nächsten Morgen. Offenbar alles wieder in bester Ordnung: Der Kolbenring ausgewechselt, die Fracht geladen für die Weiterfahrt nach Hamburg, via Bremerhaven.

Erst mal frische Luft schnappen, beschloss er und schwang seine Beine aus der Koje. Die Damenschuhe. Besser im Schrank verstauen, sonst denken die Philippinos noch in die falsche Richtung, wenn sie hier wieder die Kammer säubern. Unter der Dusche spülte er sich die letzte Müdigkeit von der Haut. Teurer Laden – gestern. Klar, dass der Chief lieber etwas Festes suchte. So eine, wie die Passagierin. Wenn die ihn aber nun partout nicht wollte und der Chief schlagartig – im wahrsten Sinn des Wortes -, erkannte, dass nur einer wie Sergey für die interessant ist, wie reagiert dann das verletzte Ego so eines Maschinenmenschen? Im Gespräch hatte Volodya so getan, als sei zwischen ihm und der Lady alles Bestens gewesen. War es aber nicht, wie Jan jetzt wusste. Er trocknete sich ab und zog seine Räuberkluft über. Prüfend strich er sich über Kinn und Wangen. Drei-Tage-Bart. Rasieren? Ach, was! Hier in dieser Männergesellschaft konnte er herumlaufen wie er wollte. Komisch, dass die Mannschaft sich rasierte. Seeleute sind im Allgemeinen sehr abergläubisch. Rasieren auf See kann den Meeresgott erzürnen. Dann schickt er Sturm. Oder fürchten sie dessen Wut nur auf den großen Ozeanen? Meinten die Sailor, hier auf der Nord- und

Ostsee die Sturmgefahr vernachlässigen zu dürfen? Oder waren derartige Rituale bei Russen und Philippinos unbekannt? Ein Rätsel.

Noch ein Verdächtiger: Aaron. Über die Mentalität der Philippinos wusste Magnusson so gut wie nichts. Gute Seeleute. In Ihrer Heimat wagen sie sich auch heute noch in lebensgefährlichen Einbäumen zum Fischen hinaus aufs Meer. Familienverbunden. Sie schicken alle Geld nach Hause. Freundliche Sanftheit. Dieses ständige Lächeln. Eine Tarnung? Wozu waren die fähig? Keiner von denen würde ihm verraten, wie nahe sich Aaron und Gil wirklich stehen. Eine Notlösung oder eine echte Beziehung? Traf das erstere zu, wäre Aaron wohl kaum eingeschritten. Die Dame ging ja in ein paar Tagen ohnehin von Bord. Also doch eine echte Partnerschaft. Hhm. Ungewöhnlich. Korygin brauchte er gar nicht erst zu fragen. Der würde ihn nur wütend mustern und dementieren. Bei ihm an Bord gebe es so etwas nicht. So etwas! Für Aaron hätte das Zuschlagen mit dem Rosthammer zwei Probleme auf einmal gelöst. Sozusagen zwei Fliegen mit einer Klappe. Einmal wäre er die aufdringliche Dame, die versuchte, seinem Gespons den Kopf in die andere Richtung zu verdrehen, los geworden, zum anderen wurde der Aufstieg nach oben frei. Schließlich stand er als Anwärter für den Bootsmann-Posten auf der Liste. Zwar sollte die Beförderung erst dann erfolgen, wenn Sergey endgültig abmusterte, aber so ging es halt ein wenig früher. Dafür mussten nur die Fingerabdrücke des Bootsmannes auf dem Rosthammer neben der Toten gefunden werden. Auffällig, dass es nicht – wie zu vermuten gewesen wäre -, eine Vielzahl von Fingerabdrücken darauf gab. Denn der Bootsmann arbeitete ja gar nicht damit, er nahm den Hammer nur ausnahmsweise mal in die Hand, um den Matrosen etwas zu zeigen. Also wurde der Hammer sorgfältig abgewischt und unter einem Vorwand Sergey gereicht. Anschließend musste das Werkzeug nur sorgfältig umwickelt und verwahrt werden, um im rechten Augenblick seinen Platz neben der Toten einnehmen zu können. Wenn es so war, tauchen neue Fragen auf. Hat Aaron das allein bewerkstelligt oder haben ihm die anderen Matrosen – Gil ausgenommen -, dabei geholfen? Und Volodya? War seine Verliebtheit umgeschlagen in Hass? Schließlich hatte die Lady ihn öffentlich gedemütigt.

Jede Menge Fragen und keine Antworten. Magnusson sagte sich tröstend, dass er ja noch drei volle Tage auf See vor sich habe. Zeit genug, um aus Beobachtungen Schlüsse zu ziehen und diskret weiter zu fragen.

Draußen hingen tiefe Regenwolken. Die graue See bewegte sich in einer mittelmäßigen Dünung mit viel weißem Schaum. Der Bug der Meta pflügte mit ruhiger Stärke durch die Katzenköpfe. Magnusson stieg die Außentreppe hinab. Seine Schritte führten ihn über Deck zu dem Gang an der Backbordseite. Mit gierigen Zügen inhalierte er die frische Seeluft. Noch fuhren sie auf der Ostsee. Die Aerosole, welche ihm der Fahrtwind ins Gesicht warf, schmeckten nur mäßig salzig. Im Skagerrak, wenn sich der Bug in die Nordsee dreht, würde sich das ändern.

Er blieb minutenlang an der Bordwand stehen und schaute abwechselnd auf die sich verlaufenden Schaumwürfe der Bugwelle und die langsam mit den Regenwolken verwachsende Kimm.

»Wir fahren zwölf Knoten – falls es Sie interessiert.«

Grigoriy. Mit einer Taschenlampe in der Hand trat er aus dem schmalen Zwischenraum der Container.

»Besten Dank für die Information. Mich interessiert alles hier an Bord. Wirklich alles. Wann habe ich schon mal Gelegenheit, Schiffsoffiziere auszufragen.«

Jan zeigte auf die Lukendeckel. »Gewaltige Dinger. Sind die wirklich absolut dicht? Ich meine, auch weiter draußen, bei heftigem Sturm?«

Der attraktive Mann nickte heftig. »Absolut. Mac-Gregor-Lukendeckel sind eine der segensreichsten Erfindungen der Seefahrt. Sie werden vollautomatisch hochgefahren. Sie können sich nicht vorstellen, was das früher für eine Schinderei mit den alten Holzabdeckungen war. Heute falten sie sich hydraulisch zusammen. Allerdings hat uns die Entwicklung beim Containerschiffbau inzwischen überholt. Schiffe neuerer Bauart besitzen so eine Art Regalsystem, in welche die Container hineingeschoben werden. Die »Meta« ist wohl eine der letzten Schiffe dieser Bauart.«

Wahrscheinlich waren es diese Mac-Gregor-Lukendeckel, die den Ersten so in Laune versetzten, denn er forderte Magnusson nochmals zu einem Besuch auf. Ganz konkret:

»Heute Abend. Sagen wir … nach dem Abendbrot. Auf meiner Kammer.«

In der Offiziersmesse empfing ihn warmer Dunst, der aus den Töpfen auf dem Herd quoll. Mit dem obligatorischen Lächeln steckte John seinen Kopf heraus und nickte freundlich. Jans Platz war eingedeckt, ansonsten war der Tisch abgeräumt. Demzufolge hatten die Offiziere bereits gefrühstückt. Er war ja heute auch ziemlich spät dran.

Der Smutje ließ seine brodelnden Töpfe vor sich hin köcheln und setzte sich mit einer Tasse Kaffee zu Jan.

»Wann dürfen Sie denn wieder nach Hause fliegen, John?«

Der schlürfte genüsslich seinen Kaffee, setzte die Tasse ab und blickte Magnusson traurig an. »Vier Monat.«

»Oh, this is a long way to tipparary …«, seufzte Jan mitfühlend.

»Where?«

»Schon gut.«

Der Philippino hob ergeben die Schultern und erklärte, dass es einfach praktischer und kostengünstiger wäre, nur einmal im Jahr nach Hause zu fliegen, weil sie dann acht Wochen dort bleiben durften.

Jan belegte sein Brötchen mit Wurst, nahm einen Schluck Orangensaft und tastete sich vorsichtig an die nächste Frage heran.

»Wenn Sie so lange Zeit an Bord sind, John … Ich meine ausschließlich unter Männern … Fehlt Ihnen dann nicht manchmal weibliche Gesellschaft?«

Der junge Mann signalisierte mit einem Grinsen, dass er sehr wohl verstanden habe. Zur Bekräftigung deutete er mit beiden Händen eine obszöne Geste an: »Meinen, so?«

»Ja doch.«

»No Problem.«

Von wegen – no Problem. Magnusson musste halt deutlicher werden.

»Ich kann mir vorstellen, dass sich in einer so engen Gemeinschaft wie der Ihren, wo einer auf den anderen angewiesen ist, auch Beziehungen entwickeln, die über eine reine Männerfreundschaft oder Kameradschaft hinaus gehen.«

Der Philippino musterte ihn aus den Augenwinkeln mit einem prüfenden Blick. Hatte er die Frage verstanden? Jan setzte seinen harmlosesten Gesichtsausdruck auf, jenen, welchen Marlene sogar manchmal als leicht bescheuert bezeichnete und beschäftigte sich konzentriert mit dem Öffnen einer Käseverpackung. Eine Zeit lang herrschte Stille in der Messe. Nur ein gelegentliches Besteckklirren untermalte Jans Mahlzeit.

John hatte sich zurück gelehnt und die Arme vor der Brust verschränkt. Plötzlich löste er seine Arme, beugte sich zu Magnusson und sagte, deutlich leiser als vorher: »Aaron und Gil. Frau nicht gut für Gil. Aaron böse auf Frau.«

Soviel weiß ich schon, dachte Jan. Weiter mein Junge, rede weiter.

»So? Und was hat Aaron dann gemacht?«

»Was er soll machen? Die ist hin. Immer, wenn Gil allein auf Deck. Aaron hat zu Lady gesagt …« John's Redefluss versiegte wie abgeschnitten. Im Schott stand Volodya mit verwuscheltem Lockenschopf und grauer Gesichtsfarbe.

»Sie sehen gar nicht gut aus, Chief«, bekundete Jan mit falschem Grinsen sein Mitleid. »Sie hätten wohl besser gestern Abend mit mir abhauen sollen.«

Ohne Antwort setzte sich der Mann auf seinen Platz und verlangte nach sauerem Hering. Das Gewünschte erschien sofort. John Wayne wusste also ganz genau, welche Bedürfnisse die Russen nach einem Landgang hatten. Der Koch verschwand wieder zu seinen brodelnden Töpfen in die Kombüse. Volodya nahm den Hering am Schwanzende und verspeiste ihn so, wie man in Norddeutschland Matjes isst. Dann murmelte er etwas von »Kolbenring gewechselt« und »kaum geschlafen«. Zum Abschluss schüttete er noch einen großen Becher Kaffee dem Hering hinterher.

»Na, die Kolbenringe werden Sie nicht so aus der Fasson gebracht haben …«, sagte Jan mit väterlichem Vorwurfston in der Stimme.

»Stimmt. Sepp und ich, wir waren noch in so einem anderen Laden …« Der Chief fuhr sich mit beiden Händen über das zerknautschte Gesicht. »Das sind die wirklichen Probleme bei so einer verlängerten Liegezeit. Man wird zu ausgiebigen Landgängen verführt, die normalerweise gar nicht möglich sind. Ausgiebig- das heißt bei Ihnen im Deutschen ja auch, viel Geld ausgeben und gerade das sollte ich nicht tun. Muss an meine Zukunft denken.«

Der Chief machte sich also Gedanken um die Zukunft. In seinem Alter ungewöhnlich, der konnte gut und gerne noch zwanzig Jahre auf solchen Frachtern fahren.

»Wie sieht es denn an Land für Sie aus? Arbeitsmäßig meine ich.«

Volodya nickte zuversichtlich. »Gut. Uns Ingenieure nehmen sie doch – wie sagt man bei Ihnen so treffend? Mit geschmatzten Händen?«

»Ja, das sagt man«, lachte Magnusson.

»Die Seeleute dagegen, die haben keine Alternative. Wer braucht schon Mitarbeiter mit Navigationskenntnissen. Pavel würde liebend gern kürzer treten, schon wegen seiner Natascha, aber was soll so ein Kapitän an Land machen . . . Zudem würde ihm die See fehlen, zu der er eine enge Bindung hat.«

»Wenn ich Ihre Zukunftssorgen recht deute, hoffen Sie in einem geregelten Arbeitsverhältnis an Land ebenfalls auf eine Natascha oder Olga?«

»Ja. Da ist es leichter, eine Familie zu gründen.«

Magnusson legte sich die folgenden Worte sorgfältig zurecht. »Die Dame hier an Bord, die so ein unglückliches Ende fand, denken Sie noch manchmal an die? Sie sagten mir, die wäre es gewesen … Gibt ja so was, dass man einmal im Leben jemand begegnet und denkt, die oder keine …«

Der Chief massierte sich mit den Zeigefingern die Schläfen und blickte Jan von unten aus seinen dunklen Kohleaugen prüfend an. Eine ganze Weile herrschte Stille in der Messe, nur aus der Kombüse drang gedämpftes Topfscheppern herüber.

»Ich muss wieder runter«, sagte der Chief leise, als wolle er sich selbst zur Pflicht ermahnen, »Mit der Frau wäre ich gar nicht froh geworden, die kannte keine Treue. Heute der, morgen jener … Dagegen können Sie nichts machen.«

»Sie hätten mit ihr reden können.«

»Habe ich ja versucht. Ich hatte mich nach langer Zeit wieder einmal richtig verliebt. Sie wissen schon, so richtig mit Herzklopfen und allem … Das habe ich ihr gestanden und sie gebeten, wiederzukommen.«

»Und wie hat sie reagiert?«

»Sie sagte, sie habe sich auch in mich verliebt.«

»Aber verhalten hat sie sich nicht so?«

Volodya fuhr sich mit beiden Handflächen über das Gesicht, als vertriebe er damit die unliebsamen Erinnerungen.

»Was soll man machen, manche Frauen sind eben so. Die sagen das leicht hin, dass sie einen lieben, auch wenn es gar nicht stimmt. Wie weh die einem damit tun, daran denken die nicht. Eigentlich wollte ich nie mehr darüber reden, jetzt, wo sie tot ist.«

Eine Weile herrschte Stille zwischen den beiden Männern. Jeder hing seinen eigenen Gedanken nach.

»Ich muss in die Maschine.« Er sagte es mit müder Stimme und genau so müde und erschöpft, plötzlich weit älter an Jahren wirkend, als er tatsächlich war, stand der Chief schließlich umständlich auf.

Nach dem Verschwinden des Chiefs saß Magnusson noch lange allein am langen Tisch der Offiziersmesse. Dieser Volodya tat ihm Leid. Da glaubt so einer, seiner Traumfrau begegnet zu sein und muss dann feststellen, dass nur bei ihm selbst wahre Gefühle dahinter stecken. Wozu war eine solche verletzte Seele fähig?

Die Treppe zum oberen Deck nahm Magnusson am Abend mit elastischen Schritten. Die Treppensteigerei zeigte Wirkung. Training. Die Bierflaschen in seinen Händen waren eiskalt, Kondenswasser rann herab. Die beste Sorte. Mochten die bayerischen Bierbrauer auch noch so heftig die Werbetrommel rühren, er blieb bei seiner Sorte, die irgendwo bei Dresden gebraut wurde. Vor der Kammer des Ersten Offiziers hielt er eine Sekunde inne und wollte gerade anklopfen. Das mit dem Klopfen erübrigte sich, das Schott wurde ihm geöffnet.

»Ich habe Schritte gehört«, grinste ihn Grigoriy an, hielt die Tür weit auf und wies einladend auf die Sitzgruppe. »Setzen Sie sich.«

Magnusson stellte seine eisgekühlten Mitbringsel auf den Tisch und der Seemann langte nach Gläsern auf dem Regal. Jan schaute sich schauspielernd um, so, als beträte er diese Kammer zum ersten Mal.

»Hübsche Bildersammlung haben Sie da. Da gibt's doch bestimmt jede Menge Geschichten dazu?« Der Erste trat zu Magnusson und betrachtete die Fotografien, als sähe er sie selbst nach langer Zeit wieder. »Man wird richtiggehend betriebsblind«, sagte er schließlich. »Wissen Sie, die Fotos habe ich in meiner alten Kammer auf der »Pushkino« abgenommen und als ich hier anheuerte, wieder angepinnt. Da schaut man gar nicht mehr richtig hin.«

Magnusson deutete auf das Mädchen in Grigoriys Armen. »Ging Ihnen ja nicht gerade schlecht. Ich meine, was man so sieht …«

Sein Gastgeber schob die Hände in die Hosentaschen. Seine Kiefermuskeln arbeiteten. »Meine Verlobte. Da hatten wir uns gerade kennen gelernt. Sie fuhr bis Neuseeland mit, dann sind die Mädchen mit dem Rucksack auf den Rücken bei den Kiwis durch das Land gereist. Von Farm zu Farm. Hier mal ein Job und dort mal für eine Übernachtung gearbeitet. Wie das eben viele junge Leute so machten.«

»Beneidenswert. Für uns hieß es nur arbeiten, Familie versorgen, berufliche Existenz sichern.«

Grigoriy nickte mit düsterer Miene. »Bei uns in der Sowjetunion war es noch schlimmer. Pflichterfüllung und Disziplin hieß die Parole. Dem Aufbau des Kommunismus zu dienen, war das edle Lebensziel eines jeden Komsomolzen.«

»Sie waren Komsomolze?«

»Selbstverständlich. So wie Timur und sein Trupp. Als Lohn winkte mir bei guter Führung die Aufnahme an die Seefahrtsschule. Das Seefahrtsbuch als ständiges Ausreisepapier. Dafür tat ich alles.«

»Einleuchtend. Wer ist eigentlich dieser Timur?«

Der Erste blickte Jan, irritiert lachend, direkt in die Augen. »Ich vergesse immer wieder, dass wir in verschiedenen Welten aufgewachsen sind. ›Die Mutter‹ von Gorki sagt Ihnen das was?«

Sein Gegenüber hob hilflos die Schultern.

»Kortschagins ›Wie der Stahl gehärtet wurde‹?«

»Geht es da um Berufsausbildung?« Magnusson stocherte im Dunkeln.

»Pah! Bei Ihnen müsste ich ja bei Lenin und der Großen Sozialistischen Oktoberrevolution anfangen. Wollen Sie Propagandaunterricht oder Seemannslatein?«

»Läuft hinsichtlich der Lügen auf ziemlich das gleiche hinaus. Ich ziehe Ihre echten, unverfälschten Erinnerungen vor.«

Grigoriy grinste. Er öffnete eine Schranktür, zog eine solide kleine Holzkiste heraus und stellte sie zwischen die beiden Biergläser.

»Fiel Ihnen das nicht schwer, das Mädchen nach ein paar trauten Wochen auf See einfach so ziehen zu lassen?«

Grigoriy schenkte umständlich Bier ein.

»Klar. Aber ich wusste, sie würde wieder kommen. Im nächsten Jahr, in den Semesterferien, war sie wieder da.«

»Wieder die gleiche Route?«

»Ja. Wir fuhren Charter für Neuseeland.«

»Und das Wiedersehen wurde entsprechend gefeiert, nehme ich an?«

»Wir haben uns verlobt. Das heißt: Pavel hat uns verlobt. Er war damals schon mein Kapitän. Das hat er richtig feierlich gemacht mit Ringen und das Mädchen trug ein rosa Tüllkleid.«

Magnusson lehnte sich zurück.

»Und seither fuhren Sie jedes Jahr einmal zusammen rund um die Welt?«

»Noch zweimal, dann gingen diese langen Reisen durch ihren Beruf nicht mehr.«

»Was macht sie denn beruflich?«

»Abteilungsleiterin in der Buchhaltung eines großen Versicherungskonzerns in Zürich.«

Grigoriy zog den Holzkasten näher zu sich heran und öffnete den Deckel.

Magnusson dachte, dass solcherart Fernbeziehungen heute nichts Ungewöhnliches mehr sind. Für seine Generation undenkbar, in Jasmins Bekanntenkreis allmählich völlig normal. Ein Partner findet einen tollen Job in London, der andere möchte seine aussichtsreiche Stelle in Stuttgart nicht aufgeben. Man einigt sich auf wöchentliche wechselseitige Treffen. Billigflüge machen das möglich. Anzunehmen, dass der Erste regelmäßig von Hamburg aus nach Zürich flog. Warum sie in all den Jahren nicht geheiratet hatten, mochte er nicht fragen. Mit dem Heiraten hatten es die jungen Leute nicht mehr so. Wenn sie es aber nach Jahren des Zusammenlebens doch taten, glich das Ereignis einem perfekt durchorganisierten Event.

Indessen suchte Grigoriy ein kleines Samtsäckchen aus der Kiste heraus. Zwei dunkelgraue, fast schwarz schimmernde unregelmäßige Murmeln rollten heraus. Er hielt sie Magnusson auf der geöffneten Handfläche hin.

»Heute ein Vermögen wert. Ein Tahitier hat sie mir geschenkt. Ich bin mit Einheimischen zum Fischen raus gefahren. Richtung Bora Bora. Dabei wurde der eine von einem Skolopender, einem Hundertfüßler, das ist ein etwa zehn Zentimeter langes, braunes Insekt, gebissen. Äußerst schmerzhaft und nicht ungefährlich. Als Erster Offizier bin ich medizinisch ein bisschen geschult worden. Für Notfälle. Jedenfalls habe ich das Gift aus dem Knöchel des Einheimischen gesogen, die Wunde mit Schnaps desinfiziert und gekühlt. Der Mann hat sich erkenntlich gezeigt.«

Vorsichtig rollte er die Perlen auf Magnussons Handfläche. Der hielt sie fast ehrfürchtig. Die Existenz von schwarzen Südseeperlen war ihm zwar bekannt, gesehen oder gar in der Hand gehalten hatte er bisher noch keine. Schade, dass der Seemann sie so achtlos in der Holzkiste aufbewahrte.

»Damit könnten Sie Ihrer Verlobten eine große Freude bereiten. Frauen schmelzen doch bei solchen Perlen dahin«. Um dem Ersten auf die Sprünge zu helfen, hielt sich Magnusson eine an sein eigenes Ohrläppchen.

»Gute Idee. Werde drüber nachdenken.« Die Perlen glitten zurück und wurden wieder verstaut.

»Sie sind also einfach so mit den Eingeborenen in der Südsee in deren primitiven Booten zum Fischen raus. Und das hat der Kapitän erlaubt?«

Grigoriy schüttelte den Kopf. »Offiziell wusste der Alte von nichts. Inoffiziell wollte er mir die Sache natürlich ausreden, was ihm aber nicht gelang. Dazu gehe ich viel zu gerne fischen. Die meisten Menschen dort sind – aus unserer Sicht betrachtet – arm, aber viel zufriedener als wir hier in Europa und das Meer gibt reichlich Nahrung.«

»Es heißt, es nimmt auch reichlich.«

Die Miene des Ersten verfinsterte sich. »Sie meinen die Stürme? Die sind nicht zu unterschätzen. Da können Sie aber auch im Nordatlantik, zum Beispiel vor Neufundland, in böse Wetterlagen geraten.«

»Finden Sie, dass die Orkane, Taifune oder wie man sie auch immer bezeichnet, auf See zahlreicher und heftiger geworden sind?«

»Nein. Nur wird heute kein Seemann mehr der Lüge bezichtigt, wenn er von bis zu dreißig Meter hohen Monsterwellen berichtet. Früher haben die Schiffe eine solche Konfrontation nicht überstanden, sie sind gesunken. In entlegenen Seegebieten gab es keine Überlebenden. Vereinzelte Augenzeugenberichte hielt man für Seemannslatein. Heute glaubt man uns. Nicht zuletzt wegen der unleugbaren Beweise.«

»Sie meinen, es gibt fotografische oder filmische Dokumentationen?«

»Das auch. Viel mehr Zeugnis von den ungeheuren Kräften der See legen die Schiffe ab, die aus einem solchen Ereignis zurückkehren. Sie sind durch die Bank werfttreif, sie sehen aus, als hätten sie eine Seekriegsschlacht hinter sich, manchmal fehlten ganze Stahlplatten, von den Decksaufbauten gar nicht zu reden.«

Jan schwieg einen Moment betroffen.

»Sind Sie deshalb nicht mehr auf große Fahrt gegangen?«

»Nein. Passieren kann einem überall etwas. Der moderne Straßenverkehr ist genau so gefährlich wie die übelste Schlechtwetterfront. Es war wegen meiner Mutter. Sie wird langsam alt. Hier dürfen wir regelmäßig nach Hause fliegen. Die Verträge mit dem Reeder sind gut und der Kapitän hat mich überredet, mit ihm gemeinsam hier anzuheuern.« Grigoriy sagte, so viel rede er sonst nie am Stück, sein Mund sei schon ganz trocken, er müsse erst mal einen Schluck trinken. Mit dem Handrücken wischte er sich den Schaum von der Oberlippe.

»Die großen Reisen – fehlen die Ihnen nicht?«

»In gewisser Hinsicht schon. Es gibt Momente auf See, die erlebt man nur auf den großen Ozeanen … wenn ein Wal bläst, Delfine spielend das Schiff begleiten … oder das Meeresleuchten in magischen … Andererseits ist der ständige Klimawechsel mit zunehmendem Alter auch nicht mehr so gut zu verkraften. So gesehen, ist es hier auf diesem Zubringer fast gemütlich. Das Fischen auf dem Indischen Ozean oder dem Pazifik, das vermisse ich schon. Der dankbare Eingeborene hat es übrigens nicht bei den Perlen belassen.«

Der Erste knöpfte sein Hemd auf. Er zog das Unterhemd etwas nach unten und zeigte auf der behaarten Brust eine Tätowierung.

»Genau über dem Herzen!«, stellte Magnusson überrascht fest, »haben Sie sich das Motiv ausgesucht? Was bedeutet dieses Zeichen?«

Grigoriy blickte ratlos schräg nach unten auf seine Brust: »Keine Ahnung. Für mich sieht es aus wie eine Schildkröte. Ausgesucht habe ich mir das überhaupt nicht. Wir hatten reichlich Fisch gefangen an dem Tag und die Nacht durchgefeiert in einer Hütte am Strand. Zu Trinken gab es genügend. Alles von mir vom Schiff mitgebracht. Ich kann mich an nichts erinnern. Irgendwann gegen Morgen müssen meine Freunde mir diese Tätowierung verpasst haben.«

»Da können Sie ja noch von Glück sagen, dass dieser unbekannte Künstler sich zurück hielt und Ihnen sein Werk an einer leicht verdeckbaren Stelle verpasste. Manche in dieser Gegend da unten tragen ja ihre Tätowierungen vorzugsweise im Gesicht.«

An diese entstellende Möglichkeit schien der Erste noch gar nicht gedacht zu haben, denn er machte eine entsetzte Miene und knöpfte sich schnell sein Hemd wieder zu. Dann warf er Magnusson einen prüfenden Blick zu, hob ein mit Bindfaden verschnürtes und mit Packpapier umwickeltes Päckchen aus der Kiste und legte es vor sich auf den Tisch. Offensichtlich ein anderes Mitbringsel des weit gereisten Seemannes. Eine chinesische Teekanne? Ein geschnitzter Elefant vom schwarzen Kontinent? Oder ein australischer Opalbrocken? Das Packpapier und die undefinierbare, rundliche Form befeuerten Jans Phantasie. Schlüssig wurde er sich über den Inhalt trotzdem nicht.

»Haben Sie starke Nerven?« Grigoriy grinste bei diesen Worten nicht. Ihm schien nicht nach Scherzen zumute.

Magnusson deutete mit dem Kinn auf das Päckchen: »Deshalb? Sie werden ja wohl nicht das Herz eines Piraten darin aufbewahren . . .«

Der Erste begann, vorsichtig das Bändsel zu lösen. »Nun, das Herz nicht . . . «

Gebannt beobachtete Jan, wie sich das Packpapier Schicht um Schicht öffnete. Was er sah, verschlug ihm den Atem.

Der Kopf war nicht größer als seine Faust. Das zottelige, schwarze Haar hing doppelt so lang herab. Die wulstigen Lippen mit einem Holzpflock verschlossen, die Augenhöhlen ebenfalls geschlossen.

»Ein Schrumpfkopf«, flüsterte Magnusson.

»Sie können ruhig laut reden, der hört uns nicht mehr.«

»Wo haben Sie den her? Ich gehe mal davon aus, dass der echt ist.«

»Gekauft habe ich ihn von Indianern in Papua-Neuguinea. Ob die den Tsantsa, so nennen die das, auch hergestellt haben oder ob er einen weiten Weg hinter sich hat, lässt sich nicht zurück verfolgen. Jedenfalls ist er echt. Die Aguaruna in Peru stellen so was heute mit Faultierköpfen her. Bei unserem Freund hier können wir davon ausgehen, dass er das Opfer einer kriegerischen Auseinandersetzung oder der Blutrache wurde.«

»Merkwürdige Art, mit den Toten umzugehen.« Magnusson war von den sterblichen Überresten des Mannes da auf dem Tisch gleichermaßen irritiert wie fasziniert.

»Andere Länder, andere Sitten. Vielleicht würden die Buschleute sich erschrecken, wenn sie unseren Totenkult erleben müssten. Sie sind der festen Überzeugung, dass die Lebenskraft des Getöteten auf den Besitzer des Kopfes übergeht. In ihren Augen gehen wir ja geradezu nachlässig mit den geheimen Kräften um, indem wir die Toten einfach ins Feuer werfen oder komplett eingraben. Den

Mund verschließen sie vorsichtshalber – sicher ist sicher –, damit die Rachegeister des Toten nicht heraus treten. Mit der Fertigstellung des Kopfes ist der Gegner gedemütigt und die Blutrache abgeschlossen. Damit ist der Frieden wieder hergestellt.«

Er lachte zynisch auf, einer plötzlichen Eingebung folgend: »Ich habe mir sagen lassen, dass in Deutschland gerne und ausgiebig prozessiert wird. Häufig läppische Konflikte. Nachbarschaftsstreitigkeiten und so Sachen. Na, unter *diesen* Umständen würde sich mancher Streithammel zurücknehmen, finden Sie nicht auch?«

»Und ob.« Magnusson brachte endlich wieder ein Grinsen zustande. »Wie stellen die das denn her?«

»Ziemlich primitiv. Der Kopf des Gegners wird einfach mit Skalp gekocht und anschließend mit heißer Asche gefüllt. Später räuchern sie das Ganze noch, der Haltbarkeit halber, daher die extrem dunkle Farbe.« Der Erste wickelte den Kopf wieder sorgfältig ein und knüpfte sogar die Enden des Bindfadens wieder mit einem Seemannsknoten zusammen.

»Glauben Sie, die machen das immer noch? Man müsste doch denken, inzwischen ist dort auch so etwas wie Kultur eingezogen …«, Magnusson schüttelte missbilligend den Kopf.

»Das ist doch gerade deren Kultur«, belehrte ihn der Erste. »Was Sie meinen, Jan, nennt man Zivilisation. Zivilisation bedeutet nämlich, einem Mitmenschen kein Leid zuzufügen, sofern es nur irgendwie vermeidbar ist. Eine Kultur kann grausam sein, eine Zivilisation ist es eben nicht, wenn sie diesen Namen verdient. Und damit ist es bei uns in Europa auch nicht weit her. Die Keilerei auf dem Balkan – schon vergessen? Da soll es Unmenschlichkeiten gegeben haben, die vorher bei uns keiner für möglich hielt. Quasi unter der dünnen Decke der Zivilisation, die dort gerade mal ein Stückchen verrutscht war und das wenig erfreuliche preisgab, was darunter liegt. Ist diese Heuchelei nicht viel gefährlicher, als ein paar Eingeborene, über deren seit Urzeiten feststehende Riten sich jeder informieren kann und demzufolge weiß, was ihn erwartet, wenn er denen zu nahe auf die Pelle rückt?«

Er erntete ein erstauntes Augenbrauenhochziehen seines Gegenübers.

»Der reinste Philosophendampfer hier!« Magnusson machte aus seiner Verblüffung keinen Hehl. »Lernten Sie das einst auf der Komsomolzenschule?«

Grigoriy machte eine wegwerfende Handbewegung. »Quatsch. Dort wurden wir von rot eingefärbten Politoffizieren von morgens bis abends mit Propaganda berieselt. Wie das in Diktaturen so üblich ist. Gehirnwäsche. Nichts haben die mehr gefürchtet, als Menschen, die sich ihre eigenen Gedanken machen. Ich habe auf See immer viel gelesen. Man kann doch nicht ständig nur saufen oder Karten spielen«, setzte er fast entschuldigend hinzu.

Magnusson trank sein Bier in einem Zug aus, trotzdem blieb der unangenehme Geschmack im Mund. Starkes Stück von dem Ersten, diesen Kopf ständig in seiner Kammer aufzubewahren. Als könne der Gedanken lesen, sagte Grigoriy bei der Verabschiedung: »Zu Hause kann ich ihn ja nicht liegen lassen. Meine Mutter würde der Schlag treffen. Stellen Sie sich vor, sie öffnet beim Saubermachen aus Neugier dieses Paket.«

Magnusson mochte sich diese Szene lieber nicht vorstellen.

In seiner Kammer nahm er einen tiefen Schluck aus der Whiskyflasche und danach vorsichtshalber noch einen. Damit hoffte er, von Alpträumen verschont zu bleiben.

Seinen anfänglichen Eindruck vom Ersten hatte er gewaltig korrigieren müssen. Diese verblüffende Ähnlichkeit mit dem Schauspieler verleitete dazu, in ihm einen gezierten Schönling zu sehen. Seine Persönlichkeit war, im Gegensatz zu der Fassade des schönen Mannes, eher rauhbeinig und verwegen. Was ihn aber nicht hinderte, philosophische Gedanken zu entwickeln. Dieser Grigoriy wagte sich also in unsicheren Einbäumen mit Eingeborenen hinaus aufs Meer, er ließ bei sich bietender Gelegenheit seinen Hass auf Haien freien Lauf und er scheute auch nicht davor zurück, sein Haupt nur eine Armlänge entfernt vom mumifizierten Kopf eines Ermordeten auf die Koje zu betten. Bei dem Gedanken, diesen Kopf in seiner Kammer aufzubewahren, schüttelte sich Magnusson angewidert. Seltsam, dass der Erste die wertvollen Perlen beinahe achtlos in seiner Souvenir-Kiste verwahrte. Der Whisky begann zu wirken. Magnusson zog sich aus und streckte sich auf seiner Koje hin. Er wusste nicht mehr, ob der

Alkohol die wiegenden Bewegungen verursachte, oder ob es das durch die See Gleiten der »Meta« war.

Er befand sich auf einer Achterbahn. In rasender Fahrt ging es hinauf, um kurz danach in ebenso schnellem Tempo wieder hinab zu kurven. Zu allem Übel schwankte die Achterbahn auch noch seitlich. Magnusson warf es in seinem Bett hin und her. Da die Koje breit genug für Zwei gebaut war, rollte es ihn regelrecht von einer Seite auf die andere. Er schlug mit dem Kopf gegen die Wand und war plötzlich hellwach. Es war dunkel draußen, nur der Lichtschein des Toplichtes erhellte schwach seine Kammer.

Das Schiff rollte und stampfte gleichzeitig. Sich breitbeinig ausbalancierend, tappte er durch den Raum und schaltete die Deckenbeleuchtung ein. Himmel, wie sah es denn hier aus? Offensichtlich hatte er es versäumt, die Schranktüren ordentlich zu schließen. Quer über den Boden verstreut lagen seine sämtlichen Kleider. Eine nicht gänzlich ausgetrunkene Bierflasche war über den Schreibtisch gerollt und der schale Rest hatte sich über das Durcheinander am Boden vergossen. Barfuß trat Jan auf etwas Hartes. Seine Brille! Die musste quer durch den Raum geflogen sein, denn er erinnerte sich genau, sie zuletzt auf dem Bücherregal gesehen zu haben. Auch die Bücher standen nicht mehr am gewohnten Platz, sondern hatten sich wie ein Haufen Feuerholz neben seinem Bett aufgeschichtet. Vorsichtig zog er die Brille unter seinem Fuß hervor. Dabei hätte er fast das Gleichgewicht verloren, denn der Frachter legte sich nach Backbord, der Achtersteven aber tauchte gerade in ein Wellental hinab, während der Bug einen Berg zu erklimmen suchte. Glücklicherweise war das Glas heil geblieben, nur das Brillengestell war verbogen. Da er fürchtete, es gänzlich zu zerbrechen, ließ er die schiefe Lesebrille, wie sie war. Der Blick aus dem Bull-Eye zeigt ihm nur Schwärze. Ab und zu zuckte in der Dunkelheit ein weißer Wellenkamm auf, wenn der Scheinwerfer irgendwo die See traf. Magnusson wollte seine Hose anziehen. Wie er auf einem Bein stand und über das andere gerade das Hosenbein der Jeans ziehen wollte, holte das Schiff über und warf ihn mit Wucht gegen die Sitzbank. Fluchend rappelte er sich wieder hoch. Sein Arm schmerzte, die Hose lag immer noch am Boden und das Hemd musste er auch noch finden. Er sah einen Ärmel aus dem Kleiderhaufen hervorquellen, zog daran, streifte in einem ruhigen Moment das Hemd über und nahm danach wieder den Kampf mit der Hose auf. Diesmal legte er sich flach auf den Boden und streifte so, im Liegen, die Jeans über. Eine Methode, die er einmal bei seiner Tochter Jasmin beobachtete, als sie sich in hautenge nasse Jeans zwängte. Erleichtert knöpfte er sich das Hemd zu. Nun konnte er die Brücke betreten. Kein Mensch sah, dass er den Schlafanzug darunter trug.

Im Gang tastete er sich schwankend zum Brückenaufgang. Die Bewegungen des Schiffes waren unberechenbar. Glaubte er die genau richtige, ausbalancierende Haltung gefunden zu haben, warf ihn der Seegang mit einer unvorhersehbaren Schwankung wieder aus dem Gleichgewicht. Im Schein des Rotlichtes öffnete er die Tür zur Brücke.

Vor dem Steuerpult stand breitbeinig Korygin. Er wog die Schiffsbewegungen gekonnt in den Knien aus. Die Hände hielt er dabei auf dem Rücken verschränkt.

»Na – Sie können wohl nicht schlafen?«, knurrte er in Magnussons Richtung.

»In meiner Kammer sieht's vielleicht aus. Alles durcheinander geflogen.«

Der Alte grinste zufrieden, als habe er dieses Wetter eigenhändig inszeniert. Draußen wehten Regenböen gegen die Scheiben, welche noch die alten rotierenden Scheibenwischer besaßen. Von hier oben blickte er auf eine aufgewühlte See, deren Schaumköpfe sich wie weiße Zungen von Seeungeheuern begierig gegen den Frachter streckten.

»Seien Sie doch froh, da bekommen Sie für Ihr Geld wenigstens was geboten. Es gab schon Passagiere an Bord, die sich bei mir beschwert haben, weil es keinen nennenswerten Seegang auf der Reise gab.«

Magnusson passte einen günstigen Moment ab, dann steuerte er schwankend den Lotsenstuhl an. Er erreichte ihn gerade noch rechtzeitig vor dem nächsten Überholen und schwang sich aufatmend darauf, als habe er gerade einen Sieg errungen. Der hochbeinige Stuhl war am Boden sicher befestigt, er musste sich nur gut an ihm festhalten.

»Wo sind wir eigentlich?«

»Skagerrak. Hier mischen sich Nord- und Ostsee. An sich schon eine heikle Stelle, aber bei Schlechtwetter, so wie heute und dann noch zwischen zwei Tiefdruckgebieten . . . . Tja, da wird es dann mal holprig.«

Magnusson starrte hinaus auf die aufgewühlte See und Kapitän Korygin kontrollierte seine Instrumente. Offensichtlich befand sich alles im grünen Bereich. Sein Gesichtsausdruck blieb vom Wetter unbeeindruckt. Fast schien es Magnusson, als fühle der sich in diesem Auf- und Ab geradezu wohl.

»Wie war's denn bei Grigoriy? Hat er Sie erschreckt?«, brummte der Alte schließlich zu ihm herüber.

»Der Schrumpfkopf? Komisches Zeug. Unter Souvenirs stelle ich mir was anderes vor. Erschreckend fand ich eher die Grausamkeiten gegenüber Haifischen. Davon wusste ich nichts. Woher rührt dieser Hass der Seeleute?«

Der Alte bedachte sich erst eine Weile, räusperte sich mehrmals, dann gab er eine einleuchtende Erklärung ab:

»Mit Kuddel Shark verhält es sich so, dass in früheren Zeiten die meisten Seeleute nicht schwimmen konnten. Sie haben es absichtlich nicht gelernt, weil sie nicht sinnlos leiden wollten wenn sie, ohne auf Hilfe hoffen zu dürfen, in der See trieben. Wenn sie verletzt waren, lockte das Blut natürlich Raubfische an. Haie oder Baracudas. So mancher Seemann musste vor seinem Tod im nassen Grab noch erleiden, dass sich ein Hai mit seinem Arm oder Bein davonmachte. Daher diese Mordlust.«

Jan schüttelte abwehrend den Kopf. »So aggressiv sollen die gar nicht sein. Manche Taucher gehen sogar ohne Käfig zu denen ins Wasser . . . «

Spöttisch grinsend fragte der Alte: »Würden Sie die Probe auf's Exempel machen wollen?«

»Hier gibt's zum Glück keine Haie«, sagte Magnusson.

»Doch. Kleine Katzenhaie. Und wenn die Blut wittern, gehorchen auch die, genau wie ihre großen Verwandten, dem angeborenen Instinkt. Die können bloß nicht so viel Schaden anrichten. Übrigens kann ich Sie beruhigen, solche Bilder wie die, welche Sie bei Grigoriy gesehen haben, gibt es heute nicht mehr. Auch bei den Seeleuten hat ein Umdenken eingesetzt, was Naturschutz betrifft.«

»Hat mich trotzdem nachdenklich gemacht – Ihr Erster. Ich hätte ihm diese Brutalität nicht zugetraut. Ihm nicht und einem jungen Mädchen auch nicht. Seiner Verlobten. Fliegt er oft zu ihr nach Zürich?«

Korygin bedachte ihn mit einem skeptischen Blick.

»Grigoriy wird oft für einen empfindsamen Schöngeist gehalten. Wie einer vom Film. Dabei ist er ein Seemann durch und durch. Was sein Privatleben betrifft, da müssen Sie ihn schon selber fragen. Übrigens – sein Mädchen hat damals auf der letzten Neuseeland-Reise, welche sie mit uns machte, dem an Bord gehievten Hai eigenhändig das Gebiss herausgeschnitten.«

»Was?« Magnusson traute seinen Ohren kaum.

»Zerstöre ich gerade Ihre Vorstellungen von der Sanftmut der Mädchen?« Es klang wieder spöttisch. Der Alte bedachte sich, tat ein paar wiegende Schritte auf Jan zu und verschränkte die Arme vor der Brust.

»So eine Hübsche. Eine Figürchen, dass man gar nicht wegsehen konnte, selbst wenn man wollte. Das Gesicht so schön ... Also wenn sie zu mir auf die Brücke kam, hatte ich immer gute Laune.« Er hüstelte verlegen. »Jedenfalls hat sie an diesem Tag dem Bootsmann das Messer aus der

Hand genommen und sich auf ihre Art ein Souvenir beschafft. Ich habe allerhand gesehen in den Jahren auf See, aber diesen Anblick, den werde ich nie vergessen. Von da an bin ich ihr regelrecht aus dem Weg gegangen. Dabei war sie so niedlich …, aber innwendig, das Herz …«, er schüttelte missbilligend den Kopf.

»Was geschah mit dem Hai?«

»Der wurde, seines Haifischgebisses beraubt, wieder zurück in die See geworfen.«

Magnusson presste die Lippen aufeinander, bis sie nur noch einen dünnen Strich bildeten. Der Hai war dem Hungertod geweiht und sein einziges Verbrechen bestand darin, als Hai in dieser Welt gelebt zu haben.

Er stand vorsichtig auf. »Ich geh' mal besser zurück, meine Kammer aufräumen.«

Der Kapitän nickte nur wortlos.

5. Seetag

Das mit dem Aufräumen verschob er dann doch lieber auf den Morgen. Erstaunlich, dass dieses Schwanken keine Übelkeit bei ihm hervorrief. Im Gegenteil, er schlief tief und traumlos. Die See beruhigte sich. Sie liefen jetzt Südkurs, Richtung Bremerhaven. Zwar hob und senkte sich die »Meta« immer noch im Takt der anlaufenden Seen, aber es war inzwischen möglich, die Kleidung ohne Festhalten in den Schrank zu sortieren und auch der wild durcheinander geworfene Bücherhaufen stand bald wieder wohl geordnet im Regal. Dabei wunderte sich Magnusson über die Einseitigkeit der ausgewählten Literatur. Fast alles Bücher über Schiffskatastrophen. Von der »Titanic« bis zur »Andrea Doria«. Wahrscheinlich wurden die von Vor-Passagieren hier eingeschleppt. Es handelte sich ausnahmslos um deutsche Bücher. Die Russen bevorzugten sicher Lesestoff in ihrer Muttersprache. Warum sich jemand auf eine Frachtschiffreise Literatur einpackte, die sich ausschließlich mit dem schlimmsten Ausgang einer Reise beschäftigte, blieb ihm schleierhaft. Vielleicht hebt das für manche Leute das Lebensgefühl, dieses Wissen, nicht betroffen zu sein. Obwohl – sicher konnte man auf See nie sein. Von betrunkenen Steuerleuten ausgelöste Kollisionen, die gab es schließlich wirklich. Korygin tat gut daran, sich an das strikte Alkoholverbot zu halten. Wenn man da einmal der Mannschaft den kleinen Finger reicht . . . Bei dem Gedanken an eine Havarie erinnerte sich Magnusson an die Erläuterung von Nikolay: Für jedes Mitglied der

Mannschaft seien rein statistisch zwei Rettungsplätze vorgesehen. Sollten sie in das moderne orangfarbene Rettungsboot einsteigen, erübrige sich das mit den zwei Plätzen, für den Einstieg in eine Rettungsinsel hat jeder Mann, also auch Magnusson, einen Rettungsplatz im Steuerbord- und einen im Backbordbereich. Auf seine naive Frage, warum zwei Plätze, jeder Mann könne schließlich nur einmal gerettet werden, antwortete Nikolay nüchtern, dass Frachter sehr schnell Schlagseite bekommen und Sinken, nur wenn beim Voll-Laufen von zwei Abteilungen das Schiff maximal sieben Grad krängt, können beide Schiffsseiten benutzt werden. Das sind ja Aussichten.

Er wählte die Außentreppe. Auf dem Weg zur Messe sah er auf eine immer noch kabbelige Nordsee, deren schmutzigbraune Wellenkämme mit einem dumpfen Klatschen gegen die Bordwand schlugen. Der Himmel schattierte in wechselnden Grautönen. Es regnete jedoch nicht mehr und auch der Wind wehte gemäßigter.

In der Messe löffelte der Zweite Ingenieur, Alexander, einen Haferbrei. Er schaute kurz hoch, grüßte und widmete sich wieder seiner Morgenmahlzeit. John Wayne stellte schweigend einen Korb mit Brötchen auf den Tisch. Erst als Jan ihm ein »good morning« entbot, nickte er in dessen Richtung und lächelte zerstreut, bevor er schnell wieder in der Kombüse verschwand.

Da der stumm vor ihm sitzende Ingenieur es nicht für erforderlich hielt, so etwas wie ein Tischgespräch zu führen, ging Magnusson in die Offensive.

»Darf ich Sie etwas fragen, Alexander?«

»Klar. Fragen Sie.«

»Mich beschäftigt immer noch die Ermordete. Zum Todeszeitpunkt waren Sie mit Francis und William in der Maschine beschäftigt. Von den Vorgängen an Deck haben Sie also gar nichts mitbekommen?«

Der Ingenieur stellte seine leere Schüssel zurück, lehnte sich gemütlich zurecht und stellte ein Bein auf die Sitzbank. »Überhaupt nichts. Ein Separator war defekt. Diese Zentrifuge, durch die das Schweröl geht. William hat den Schaden festgestellt und den Deckel geöffnet. Zu früh, da habe ich ihn oft genug gewarnt, jedenfalls wurde er von oben bis unten mit Schweröl eingesaut.«

Magnusson hob eine Augenbraue. »Hat er die Maschine verlassen?«

Ihn traf ein verständnisloser Blick des Zweiten. »Der musste sich erst mal das Gesicht abwaschen, den Overall konnte er später wechseln. Haben Sie schon mal eine Ladung Schweröl direkt ins Gesicht bekommen? Das geht nur mit Spezialwaschmittel wieder ab.«

»Ich denke mir das ungefähr so, wie bei den verölten Seevögeln. Die werden doch auch abgewaschen. Dauert immer ziemlich lange. Wie lange hat es denn bei William gedauert?«

»So genau kann ich das heute nicht mehr sagen. Ich habe mit Francis den Separator zerlegt. Irgendwann . . .«

John erschien und fragte, ob Magnusson noch Saft wolle, dabei beobachtete er den Zweiten Ingenieur kritisch aus den Augenwinkeln.

»… irgendwann war William wieder da. Bei solchen Reparaturen ist ein dritter Mann gern gesehen, da fragt man doch nicht, ob er zehn oder zwanzig Minuten für seine Gesichtswäsche gebraucht hat«, meinte Alexander kopfschüttelnd.

»Haben Sie das auch der Kriminalpolizei erzählt?«

»Ach, das ist mir erst hinterher wieder eingefallen. Ich glaube nicht, dass es wichtig ist. Oder denken Sie, er hat sich im Eiltempo das Gesicht geschrubbt, so nebenbei eine Frau erschlagen und sich dann wieder an die Arbeit gemacht? Warum sollte er denn? William hatte mit der gar keinen Kontakt!«

John stellte eine Flasche Orangensaft und zwei Gläser auf den Tisch. Dabei musterte er Magnusson misstrauisch von der Seite.

»Mhm« Magnusson schenkte Saft ein und schob dem Ingenieur ein Glas zu.

»Tropft dieses Schweröl eigentlich von der Arbeitskleidung wo man geht und steht, wenn man so einen Schwall abbekommt?«

»Im Gegenteil. Das ist zähflüssig. Kaum wieder abzukriegen.« Er blickte auf seine Uhr.

»Fünf vor Voll. Ich muss los, Volodya ablösen.«

Magnusson verließ kurz danach ebenfalls die Messe. Die Kombüse war leer, nur die ständig brodelnden Töpfe auf dem Herd dampften vor sich hin. Vor dem Schott zur Maschine blieb er stehen und schaute auf seine Uhr, dann lief er zügig Richtung Vorschiff. Er wollte die Zeit stoppen, die ein Mann für diese Strecke benötigte. Etwa in der Mitte des Schiffes bewegte sich aus dem Zwischenraum der Container ein Schatten auf ihn zu. Weil der Schatten sich hinter ihm befand, konnte Magnusson ihn nicht sehen. Er spürte einen heftigen Schlag in den Rücken und schlug der Länge nach hin. Hastig rappelte er sich wieder auf, drückte die rechte Faust ins schmerzende Kreuz und drehte sich zu den Containern um. Niemand zu sehen.

»Nun machen Sie aber mal halblang!« Korygin schraubte sich aus seinem Schreibtischsessel hoch und blicke Magnusson dabei wütend von unten an. »Warum sollte denn einer meiner Leute einen Passagier niederschlagen? Die Reederei ist daran interessiert, möglichst regelmäßige Einnahmen aus den Kabinen zu erzielen, das sichert auch die Heuer der Mannschaft. Die Leute sind doch nicht blöd!«

Wütend feuerte er den Kugelschreiber auf die Seiten des aufgeschlagen auf der Schreibtischplatte liegenden Handbuches, in dem er gerade einige Zeilen unterstrichen hatte. Die Kammer des Kapitäns der »Meta« war geräumiger als alle anderen, auch er verfügte über ein separates Schlafzimmer, von Gemütlichkeit konnte jedoch auch hier keine Rede sein. Nüchtern und allein praktischen Erwägungen folgend, standen darin die gleichen Metallrohrstühle wie überall auf dem Schiff. Schrankwand, Stühle, Schreibtisch, Sitzecke, Stehleuchte, fertig. Vom einstigen Luxus der Kapitänskammern auf den alten Segelschiffen, mit viel blank poliertem Messing und Mahagoni keine Spur mehr.

Einzig der Schiffschronometer an der Wand erinnerte daran, dass sie sich auf einem Frachter befanden. Der Raum selbst hätte bei einem Abteilungsleiter in Crimmitschau nicht anders ausgesehen.

Magnusson drückte den Eisbeutel noch ein wenig fester auf die Beule an seinem Hinterkopf.

Weil ich zu viel frage, dachte er. Und diese Fragerei stört den, der etwas auf dem Kerbholz hat.

»Vielleicht habe ich einen der Seeleute gekränkt? Das sind doch alles raue Burschen, eine dumme Bemerkung von mir und einer rastet aus. Hat sich jemand in diese Richtung geäußert?« Er beobachtete lauernd die Reaktion des Kapitäns.

Der hielt die Arme vor der Brust verschränkt und wanderte in seiner Kammer auf und ab.

»Nitschewo! Die wissen doch, dass Sie in zwei Tagen wieder von Bord gehen, da macht sich keiner die Mühe, irgendwelche Differenzen auszutragen. Ich glaube, Sie sind einfach unvorsichtig über Deck gegangen, ausgerutscht und mit dem Hinterkopf aufgeschlagen. Sie bilden sich das Ganze nur ein. Können Sie sich an alles vorher erinnern?«

Magnusson winkte ab. »Ja, ja – keine Amnesie.«

»Na dann«, brummte Korygin, »ignorieren wir die Sache am Besten. Vergessen Sie es. Den Ball flach halten, damit habe ich immer gute Erfahrungen gemacht.«

Weil Magnusson wie angewurzelt stehen blieb, knurrte er: »Ist noch was?«

»Mir ist gerade etwas eingefallen … Wenn Sie auf großer Fahrt waren und es hätte einen Todesfall gegeben, wie wären Sie damit umgegangen?«

Korygin schaute ihn verdattert an. »Soll das etwa heißen, Sie fürchten hier an Bord um Ihr Leben?«

Beschwichtigend hob Magnusson beide Hände. »Nein. Es ist mir einfach so eingefallen, verstehen Sie, man denkt halt darüber nach.«

»Sie haben vielleicht Sorgen!« Er besann sich einen Moment, dann antwortete er mit seiner Dienststimme: »Auch für solche Ereignisse gibt es Vorschriften. Dumm natürlich, wenn einer stirbt und man ist gerade bei tropischen Temperaturen auf dem Pazifik zwischen Panamakanal und Französisch-Polynesien unterwegs. Wir hätten den Verblichenen ja schlecht im Kühlhaus zwischen den Fleischvorräten zur Ruhe betten können.«

»Wäre ja wohl auch pietätlos gewesen.«

»Eben. Deshalb hätte ich die Leichenschau mit meinen Offizieren vornehmen müssen und dann wird der Tote außenbords beerdigt. Seebestattung mit Protokoll und Trauerrede – wie sich das gehört. Einen einfachen Sarg aus Plastik hatten wir immer an Bord.«

Korygin musterte Jan mit einem spöttischen Blick. »Wenn Sie sich mit solchen Gedanken beschäftigen, sollten Sie Ihre geplante Weltreise lieber mit einem Passagierschiff unternehmen. Die haben nämlich extra ein Tiefkühlfach für Leichentransporte.«

»Sie wollen mich doch auf den Arm nehmen!«

»Tatsache. Damit bliebe Ihnen das Seemannsgrab erspart und Sie könnten in der Heimaterde zu ewigen Ruhe . . . « Ein schriller Ton, gefolgt von weiteren Tönen unterbrach den Kapitän. Er blickte auf seine Uhr und schien irgendwie befriedigt. »Na also. Unsere Seenotübung, Herr Magnusson. Als vorbildlicher Passagier wissen Sie sicher, was Sie nun zu tun haben?«

»Yes, Sir. Ich werde mich unverzüglich zum Sammelplatz Brücke begeben.«

Korygin stand bereits an der Tür. »Dann wollen wir mal. Und lassen Sie den Eisbeutel unbemerkt verschwinden, wir waren uns doch einig, jedes Aufsehen zu vermeiden.«

Seemannsbraut

Die Schritte trippelten auf klackernden Absätzen den Plattenweg entlang. Marlene warf das Geschirrhandtuch auf die Küchenarbeitsplatte und lauschte. Ein zaghafter Klingelton. So, als zögere die Besucherin, in die sonntägliche Ruhe der Hausherrin einzubrechen.

»Irina!« Überrascht musterte Marlene die junge Friseurin. Als sie sich zuletzt im Salon in deren Hände begab, leuchtete das Haar der jungen Frau wild fuchsfarben und sie trug zu einem übergroßen Pullover diese Leggins, die nur den Jungen wirklich gut stehen. Nun wirkte sie auf einmal wie eine Dame. Sie trug einen dunkelblauen Hosenanzug zur weißen Hemdbluse und schlichte hohe Pumps. Das nun platinblonde Haar war zu einer eleganten Hochsteckfrisur frisiert. Ihr Make up war dezent, unter dem Arm trug sie eine edle, lederne Aktenmappe.

»Donnerwetter, sie haben sich aber heraus gemacht.« Marlene trat einen Schritt zurück und wies einladend in die Wohnung. »Steht Ihnen, Irina, Sie wirken auf einmal erwachsen. Nun kommen Sie doch endlich herein!«

»Ich will Sie nicht stören, Frau Magnusson. Es ist nur wegen Sergey. Ich war bei seinem Anwalt und dachte mir, es wäre gut, wenn ich einen seriösen Eindruck mache, deshalb die Veränderung. Mit meinem Bruder durfte ich auch sprechen und alles, was er mir erzählte, habe ich hier für Ihren Mann aufgeschrieben.« Sie biss sich auf die Unterlippe und hielt nur mühsam die Tränen zurück.

»Das haben Sie richtig gemacht. Mein Mann wird alles ganz genau abklopfen, darauf können Sie sich verlassen. Sie stören kein bisschen. Im Gegenteil – schauen Sie sich mal meine Haarspitzen an! Schön lang sind die Haare ja jetzt, aber die Spitzen ... Ich koche uns einen Kaffee, Sie schnippseln etwas an mir herum und kommen auf andere Gedanken. Einverstanden?«

Ohne Widerworte zu dulden, nahm sie ihr die Mappe aus der Hand und zog die junge Frau ins Wohnzimmer.

Später, als sie mit der Schere arbeitete, vermochte Irina endlich, ihr Herz zu erleichtern.

»Sergey sieht furchtbar aus. Mama hat ihm ein Heiligenbild, eine Ikone, geschickt. Ich habe ihn vorher noch nie beten sehen. Er war es nicht, Frau Magnusson! Er war es wirklich nicht! Hat Ihr Mann denn noch gar nichts heraus gefunden, was ihm irgendwie helfen könnte?«

Marlene schüttelte bedauernd den Kopf. »Er hat mir nichts Konkretes gesagt, womit ich Ihnen Mut machen könnte. Jan ist wie ein alter Jagdhund, Irina, wenn es eine Spur gibt, dann findet er sie und zuletzt am Telefon klang er ganz so, als habe er Witterung aufgenommen.«

Irina seufzte. »Ich hoffe für Sergey. Ich denke Tag und Nacht an ihn und seine Familie. Jadwiga wird kommen, seine Frau.« Schon rollten Tränen über die Wangen.

»Na, na Mädchen!« Marlene legte ihren Arm um die Jüngere, »Sie tun viel für Ihren Bruder. Ich denke, Sie brauchen etwas Abwechselung. Sie sollten mal wieder lachen. Wir lassen das alberne »Sie« – ich bin Marlene. Einverstanden?«

Eine Kanne Kaffee und eine halbe Flasche Wein später bewunderte Marlene erneut die Frisur des Mädchens. »Beneidenswert, wie Du Dich ständig verwandelst, Irina. Gestern ausgeflipptes Girl und heute Dame. Ich finde allerdings, Du solltest bei diesem Stil bleiben, er passt zu Dir und Deiner russischen Seele. Du strahlst auf einmal so etwas Aristokratisches aus, wenn Du verstehst, was ich meine. Schade, dass ich mir in meinem Alter solche Extravaganzen versagen muss.«

»Aber warum denn, Frau . . . ich meine, Marlene . . .? Nicht dieses Platinblond, aber ein ähnlicher Ton würde auch Dir stehen. Warum die grauen Haare? Du bist nicht alt und das sollte man auch auf den ersten Blick sehen dürfen.«

»Jan würde der Schlag treffen.«

Irina lächelte schelmisch. »Im Gegenteil. Er hat mir einmal geraten, mich dauerhaft auf eine Haarfarbe festzulegen, weil die Männer dieser ständige Wechsel irritiert. Seine erste Liebe in der Schule sei übrigens blond gewesen.«

»Da weisst Du mehr als ich. Jan sagt immer, er liebe mich, selbst wenn ich mit grünem Irokesenschnitt und Sackgewand umher ginge. Ich möchte lieber so bleiben, wie ich bin.«

Doch Irina stand bereits. »Ich bin in einer halben Stunde mit allen nötigen Sachen wieder da«, hörte Marlene sie nur noch von der Haustür rufen.

Nun ja, Marlene beschloss einfach, es auf die mit Irina geleerte Flasche Wein zu schieben, sollte Jan mit Entsetzen reagieren. Die Prozedur war bei den halblangen Haaren ziemlich umständlich und langwierig. Irina steckte in Jans altem Regencape sicher vor Farbspritzern und arbeitete sichtlich gelöster an dem Verjüngungsprojekt. Zuletzt nahm sie die Haare hoch, steckte sie fest, sprühte Lack darüber und betrachtete zufrieden ihr Werk.

»Jetzt?«

»Ja, fertig.«

»Ich trau mich nicht, in den Spiegel zu schauen.«

Lachend griff Irina nach ihrer Hand. »Es wird Dir gefallen.«

Vor dem großen Flurspiegel trat Marlene eine fremde, elegant und jugendlich wirkende Dame entgegen. Die verwegen ins Gesicht hängende lange blonde Strähne suggerierte ihr, dass Irina soeben zehn Jahre verschwinden ließ.

»Ich sehe aus wie Deine Mutter!«

Das Mädchen machte ein beleidigtes Gesicht. »Du siehst aus wie meine Schwester.«

Marlene musterte immer noch irritiert die fremde Frau im Spiegel. »Kaum zu glauben.«

Schließlich wandte sie sich wieder zu Irina. »Zieh' das Regencape aus. Ich denke, wir sollten heute noch etwas unternehmen. Dir tut ein bisschen Ablenkung gut und ich will sehen, wie ich auf die Leute wirke. Ich brauche ein paar wohlwollende Blicke, um mir Mut für Jan zu machen. Stell' Dir das doch mal vor, der fährt mit dem Schiff raus und findet bei der Heimkehr eine andere Frau vor!«

Aus dem Restaurant klangen Seemannslieder heraus. Marlene und Irina schlenderten zwischen den Tischreihen hindurch auf der Suche nach freien Plätzen. Plötzlich klopfte jemand Marlene auf die Schulter. Sie drehte sich erstaunt um.

»Herr Schuster? Was machen Sie denn hier?«

Der stattliche Herr strahlte über das ganze Gesicht.

»Was man hier in St. Peter-Ording halt so macht. Urlaub! Sie suchen zwei Plätze? Bitte setzen Sie sich doch zu mir!«

Kurt Schuster. Ein Kollege von der Hochschule. Sie hatte ihn längere Zeit nicht gesehen, seit sie nur noch sporadisch Aufträge als Freiberuflerin übernahm. Als Freiberufler hat man den Nachteil, ein einsamer, sich selbst genügender Arbeiter sein zu müssen, aber auch den Vorteil, sich aus dem ganzen Tratsch- und Intrigenwirrwar des Berufslebens heraus halten zu dürfen.

Wobei Kurt Schuster keineswegs einer dieser verkommenen Bürohengste war. Er pflegte eine innige Beziehung zur Oper und einmal war es ihm sogar gelungen, zwei Karten für Bayreuth zu ergattern. Obwohl es sich um die relativ volksnahe »Meistersinger-Aufführung« handelte, wies seine Ehefrau es entrüstet von sich, ihn zu diesem Marathon zu begleiten. Eine Oper, die sich über fünf Stunden hinzog? Entsetzlich. So kam Marlene in den Genuss, wenigstens einmal im Leben auf dem »Grünen Hügel« gewesen zu sein. Herr Schuster zeigte sich kollegial und verlangte für die Karte nicht mehr als die von ihm selbst gezahlte Summe. Die Inszenierung hatte der Urenkel Richard

Wagners hochbetagt selbst übernommen. Ein farbenfrohes Bühnenbild des Mittelalters tat sich vor Marlene auf, was das harte Gestühl etwas erträglicher machte. Und die Stimmen! Dem Ruf Bayreuths folgte, was auf der Welt Rang und Namen besaß. Barenboim dirigierte und auch wenn der Beckmesser ihr nicht so recht gefiel – es war ein Erlebnis. Einprägend war auch der Blick ins Publikum. Marlene lebte in der Welt der Bücher, die sogenannten »Prominenten« unserer bunten Republik erweckten kaum ihr Interesse. Doch was hier an ihr vorbei defilierte, war so schillernd und so weit weg von ihrem sonstigen Leben, da musste sie einfach genau hinschauen. Entscheidungsträger aus Politik und Wirtschaft führten die in Seide gewandeten und merkwürdig verjüngten Gattinnen durch die Spaliere der immer noch auf Restkarten hoffenden Wagnerianer. Künstlervolk tummelte sich in gewagten Gewändern. Auch wurde der eine oder andere im Smoking daher kommende Herr von Stars und Sternchen aus den Medien flankiert. Marlene war froh, für diesen Opernabend – oder besser gesagt: Opernnachmittag, denn das Ereignis begann ja am helllichten Tag –, instinktiv die richtige Garderobe gewählt zu haben. Sie besaß keines dieser traumhaften Ballkleider, aber sie hatte sich einmal in Frankreich in einer kleinen Boutique ein kurzes, schwarzes Kleid aus Spitze gekauft. Es war nicht einmal besonders teuer, aber es war geschneidert und saß perfekt wie eine zweite Haut. Seltsam, dass nur die Franzosen so etwas zustande brachten.

Sie erinnerte sich, mit Herrn Schuster noch zu später Stunde in einer dieser fränkischen Weinstuben gesessen zu haben. Er erzählte voller liebevoller Hochachtung von seiner Frau und dem gemeinsamen Sohn. Die Frau war beruflich bedingt viel im Ausland und der Sohn war einer dieser mathematisch Hochbegabten, die unfähig waren, eine Pizza in den Herd zu schieben, aber ratz- fatz die Wurzeln von zwölfstelligen Zahlen im Kopf errechneten.

Sie unterhielten sich über Bücher und Opern bis Marlenes Augen zufielen und sie den Abend beendete. Das waren so ziemlich alle Informationen, die ihr über Kurt Schuster zur Verfügung standen. Gelegentlich eine kurze Begegnung auf den Fluren der Hochschule, ein paar freundliche Worte gewechselt und gut.

»Was möchten Sie trinken? Wein, Sekt oder lieber dieses bunte Zeugs? Wir sollten gleich bestellen, wenn der Tanz losgeht, kommen die Kellner kaum noch durch.« Kurt Schuster strahlte die beiden Frauen erwartungsvoll an.

Irian hob abwehrend die Hände. »Bitte für mich keinen Alkohol mehr. Ein Wasser wäre mir recht.«

»Genau«, Marlene nickte, »für mich bitte auch Wasser.« Sie fächelte sich mit der Getränkekarte Luft zu. Das Lokal war überfüllt. Wer an den Tischen keinen Platz mehr fand, blieb einfach irgendwo stehen. Trotzdem drängten immer noch Menschen zur Eingangstür herein. In der Mitte des Raumes eine freie Fläche über die glitzernde Disco-Lichter huschten. Die ersten Tanzfreudigen zappelten bereits zur lautstarken Musik herum.

»Wasser?« Herr Schuster vermochte kaum seine Enttäuschung zu verbergen, zuckte aber ergeben mit den Schultern und gab dem zunächst stehendem Kellner ein Zeichen.

Ein braun gebrannter junger Mann trat lächelnd zu Irina und bat sie auf die Tanzfläche.

Kurt Schuster rutschte ein wenig näher an Marlene heran.

»Sie haben sich kaum verändert Frau . . .«

»Magnusson! Ich heiße jetzt Magnusson, seitdem ich wieder geheiratet habe«, fiel ihm Marlene lachend ins Wort.

»Ach so? Und wo ist denn Ihr Gatte?«

»Jan ist auf See.«

»Ein Seemann?«

»Nein, ein pensionierter Polizist.«

Herr Schuster wollte dieses Thema offensichtlich nicht weiter vertiefen. Er nahm Marlenes Hand und zog sie auf die Tanzfläche. Sie legte sich gern in seinen Arm, Herr Schuster war ein stattlicher Fels, der Frauen das beruhigende Gefühl von Sicherheit vermittelte.

»Möchten Sie mich nicht Kurt nennen?«, fragte er zwischen zwei gewagten Ausfallschritten.

»Gut.- Marlene.«

Er schlang seinen Arm fester um ihre Taille und zog sie noch enger an sich heran. Marlene klemmte fest wie in einem Schraubstock. Da Jan sich jeder Tanzveranstaltung hartnäckig verweigerte, war sie ein wenig aus der Übung gekommen. Insofern zeigte sich Kurts Methode sehr hilfreich, sie musste sich nur ganz leicht machen und seinen Bewegungen folgen.

Im Vorbeischweben erblickte sie hin und wieder Irina in den Armen des Braungebrannten. Beim dritten Tanz mit dem Burschen winkte das Mädchen ihr zu und zeigte zum Ausgang. Also wollte sie mit dem verschwinden. Marlene unterdrückte die sofort reflexartig in ihr aufwallende mütterliche Besorgnis. Irina ist eine erwachsene junge Frau und der Bursche sah ganz manierlich aus.

Sie ließ sich von Kurt an die Bar bitten und akzeptierte einen dieser bunten, mit exotischen Früchten geschmückten Drinks.

Sie erzählte ihm von ihrer tristen Zeit als Witwe und von dem Neuanfang hier in St. Peter-Ording.

»Du kennst doch sicher den Herrn von Trostorff noch, Kurt?«

»Von Trostorff? War das nicht der Hüne, der an der Fakultät unter Leibowitz den Lehrauftrag bekam und dann wegen langer Krankheit ausschied?«

»Genau der. Alter mecklenburger Adel. Leider völlig verarmt. Friedrich von Trostorff rutschte nach dem Tod seiner Frau in eine Depression, dann lernte er hier eine junge Tierärztin kennen und schon ging es mit ihm wieder bergauf. Sie haben zwei Kinder und einen dieser für die Landschaft typischen Haubarge. Du würdest ihn kaum wieder erkennen – den Friedrich, meine ich«, lachte Marlene.

Kurt wagte einen Vorstoß in die ihm genehmere Richtung. »Ich bin noch eine Woche allein hier und Du bist quasi Strohwitwe …« Sein Blick sprach Bände.

Marlene ahnte, was er sagen wollte. »Kurt! Wir haben so angenehme Erinnerungen an unsere gemeinsame berufliche Zeit und an den Ausflug nach Bayreuth – warum sollen wir das mit einer Affäre zerstören? Und eine Affäre wäre es, denn wie Du immer sagtest, kann ein Mann viele Frauen im Bett haben, aber nur eine im Herzen. Wenn Du das Bedürfnis nach Abwechslung hast, dann such' Dir eine unter den jungen, hübschen Frauen aus, ich bin sicher, Du wirst viel Spaß haben und irgendwann gesättigt und reumütig in die Arme Deiner Frau zurück kehren. Ich bin für solche Spielereien nicht geeignet, bei mir redet das Herz immer ein Wörtchen mit und dann gehen die Probleme erst richtig los. Du weißt doch: Das Geheimnis der Erotik ist die Seele.«

»Bist Du sicher, dass Du Körper und Seele nicht ein einziges Mal auseinander halten kannst?«

»Dann bekämst Du keine fesselnde Erotik, sondern billigen Sex und der ist überall wohlfeil zu haben, wie Du sehr gut weißt, mein lieber Kurt.«

Marlene rutschte vom Barhocker. Sie beugte sich zu ihm und küsste ihn auf den Mund. Kurt Schusters Augen waren noch geschlossen, als sie längst gegangen war.

6. Seetag

Bremerhaven. Draußen brüllten die Festmacher Unverständliches. Vom Vorschiff kam Antwort. Leinen wurden auf die Pier geworfen. Ein letztes Röcheln der Maschine, dann erstarben die Vibrationen. Magnussons erinnerte sich an die gestrige Übung.

Sie erreichten die Brücke bevor der letzte Alarmton verklang. Offiziere und Mannschaft trafen vollzählig ein. Der Kapitän nickte zufrieden. »Gute Zeit!«. Dann ging er allen voran an Deck. Es folgte eine ausführliche Erläuterung des Ersten Offiziers über die Handhabung der Rettungswesten und das erforderliche Verhalten, sollten sie das Schiff verlassen müssen.

Im schlimmsten anzunehmenden Fall bedeutete das, »fully dressed«, also mit warmer Kleidung, Decken und Wasser ausgerüstet an Deck erscheinen. Sollte das Rettungsboot nicht zu Wasser gelassen werden können, dann Ausstiegsleitern, Leinen oder Feuerwehrschläuche nutzen – nicht springen!

Im Wasser gilt: save your power! Zusammen bleiben, keine Energie verschwenden und an schwimmenden Gegenständen festhalten. Ölfelder sind zu meiden bzw. durch Rückenschwimmen zu verlassen. Rettungsmittel stets von Lee anschwimmen.

»Sind ja reizende Aussichten«, sagte Magnusson flüsternd zu den ihm an nächsten stehendem Volodya.

»Kein Grund zur Besorgnis. Wir üben mehrmals im Monat. SOLAS heißt das Zauberwort.«

Jan verkniff die Lippen. Kein Grund zur Besorgnis! Jetzt – im Frühling -, mochte das Ganze ja noch glimpflich abgehen. Wenn er an ein Aussteigen in die winterliche Ostsee dachte, stellten sich ihm die Nackenhaare hoch.

Die Übung war beendet. Die Besatzung zerstreute sich, jeder ging wieder seiner Arbeit nach.

Die Seeleute absolvierten solcherart Übungen routiniert. Je sicherer die Handgriffe saßen, wenn jeder selbst im Halbschlaf wusste, was er zu tun hatte, desto höher die Überlebenschancen. Hier, in diesem dicht befahrenen und der Küste nahem Seegebiet blieb auch Magnusson gelassen. Der Gedanke an das Verlassen eines Schiffes bei großer Fahrt auf dem weiten Ozean verleidete ihm geradezu die Freude an der Seefahrt. Auf See kann alles mögliche passieren und wenn dann weit und breit keiner in der Nähe ist?

Mit solchen Ängsten hatte er bereits Nikolay in Bedrängnis gebracht. Der junge Seemann versuchte ihn zu beruhigen, indem er versicherte, die Solidarität unter Seeleuten sei auch in unserer egoistischen Zeit noch ein ungeschriebenes Gesetz auf See. Jedes Schiff – wirklich jedes, vom kleinen Heringsfänger bis zum Luxus-Kreuzfahrschiff -, ändere sofort den Kurs, falls es einen Notruf empfange und eile zu Hilfe. Na fein, dachte Magnusson. Wenn aber nun keiner in der Nähe ist? Soll in entlegenen Gegenden durchaus vorkommen. Grigoriy erzählte vorgestern in der Messe, damals, auf der Neuseeland Charter, hätten sie im Indischen Ozean einmal fünf Tage lang kein anderes Schiff gesichtet. Sie seien sich vorgekommen wie der »Fliegende Holländer« – allein und verlassen auf weiter See.

Nikolay hob und senkte ergeben die Schultern. Schicksal, meinte er lakonisch. Dann soll es eben so sein. Das Leben sei immer lebensgefährlich. Auf hoher See genau so, wie auf der Autobahn. Magnusson kniff die Lippen zusammen und ging in seine Kammer. Was erzählte ihm der Junge da von Schicksal? Er ist schließlich der Ältere, die gereifte Persönlichkeit. Diese Plattitüden muss er sich von dem Burschen anhören. Konnte es sein, dass junge Menschen weniger am Leben hingen, weil sie einfach noch nicht genug erlebt hatten? Nicht genug Schlechtes und nicht genug Gutes. Korygin behauptete, es gäbe Erfahrungen der Art, dass junge Leute im Wasser schneller aufgeben. Die Älteren hielten länger durch. Allerdings drehen die auch in kritischen Situationen schneller durch, weil sie wissen, was ihnen bevorsteht. Oder weil die wussten, was sie mit dem Leben verlieren? Magnusson kannte die Dunkelseiten des Lebens. Nur jetzt, gerade jetzt, befand er sich auf der Sonnenseite mit Marlene und diese vom Himmel geschenkte Zeit wollte er auskosten und sich nicht sinnlos in Gefahr begeben. Sagt man das nicht so, wer sich in Gefahr begibt, kommt darin um? Also keine Seereise um die halbe Welt. Oder?

Magnusson zog die Gardine beiseite. Strahlender Sonnenschein drang herein. Er sollte nicht müßig hier im Bett herum liegen. Etwas Sonne tanken, ein bisschen auf die See schauen und nachdenken. Beim Anziehen stieß sein Fuß den übervollen Mülleimer um. Dies ist kein Vergnügungsdampfer mit vollem Service, er musste sich selbst darum kümmern.

Auf dem Achterdeck standen die Müllcontainer vorbildlich getrennt. William sortierte ebenfalls gerade Müll ein. Er förderte aus den Tiefen des Müllcontainers alte Musikkassetten zu Tage. Magnusson wusste, woher die stammten. Grigoriy hatte also ebenfalls seine Kammer aufgeräumt.

William betrachtete eine Weile unschlüssig die Kassetten, entschied sich dann dafür, sie der Vernichtung zu entziehen und stopfte sie in seinen Overall. »Old fashion«, meinte er lachend zu Magnusson .

»Die Dinger allein nützen Dir wenig, mein Freund.« Magnusson deutete die Formen eines Abspielgerätes an.

»No Problem«, lachte William wieder und trollte sich mit seiner Beute.

Meinetwegen, dachte Magnusson, wirst schon sehen.

Bremerhaven also. Er konnte nichts Besonderes erkennen. Hafenanlagen wie überall. Der Kran pickte Container auf. Auf dem Vorschiff liefen Seeleute hin und her.

»Welcome in Paradise!«, sagte eine spöttische Stimme hinter ihm. Grigoriy. »Wollen Sie an Land?«

»Nein. Wozu denn? Ich bezahle ein Heidengeld für das Taxi, laufe eine Stunde durch die Einkaufsstraße und muss sehen, dass ich die »Meta« nicht verpasse. So, wie die hier loslegen«, Jan deutete auf den Lösch- und Ladebetrieb, »sind wir doch in wenigen Stunden wieder draußen.«

»Seemannslos. So geht es uns alle Tage. Rein in den Hafen und wieder raus aus dem Hafen. Die Jungs haben keine Gelegenheit, mal was zu unternehmen. Liegen wir doch mal eine Nacht, so wie kürzlich in Hamburg, geht garantiert irgendetwas schief.«

»Hamburg ist doch ideal für einen ausgedehnten Nachtbummel.«

Grigoriy lehnte die Unterarme auf die Reling und blickte prüfend auf den Kranbetrieb. Offensichtlich sah er keinen Grund für Beanstandungen, denn er erzählte weiter.

»Der Kapitän hatte uns, bis auf die unbedingt nötige Gangway-Wache, freigegeben. Kommt ja selten vor, so eine ganze Nacht Liegezeit in Hamburg. Jedenfalls sind wir los – Reeperbahn. Volodja kannte sich von uns allen am besten aus und zeigte auf ein Lokal. Da gehen wir rein, hier sind wir richtig. Wir alle Mann rein in den Laden. Die Girls waren genau das, was wir suchten. Aber erst einmal kassierten die von uns dreihundert Euro für Getränke. Na ja und als wir dann konkret wurden und nach Sex fragten, sagten die: Njet – hier nur gucken und tanzen, mehr nicht.«

Magnusson konnte sich das Grinsen nicht verkneifen. »Nepp.«

»Schto?«

»So sagt man hier: Nepp! Ich nehme an, für künftige Ausflüge verzichten Sie lieber auf Volodjas Führung?«

»Ich verzichte generell auf solche Darbietungen. Da kann ich mir auch in meiner Kammer Videos anschauen.«

»Und an Ihre Verlobte denken«, ergänzte Magnusson. Doch Grigoriy hörte gar nicht mehr richtig hin. Aufmerksam beobachtete er den Kran. Hinter einem Containerstapel schepperte es. Der Erste brüllte den Matrosen auf dem Vorschiff etwas zu, fuchtelte wild mit den Armen und rutschte, ohne die Treppenstufen mit den Füßen zu berühren, sich allein mit den Händen abstützend, schnell die Handläufe hinunter.

Magnusson bedauerte dessen schnellen Abgang. Grigoriy wusste über alles Geschehen an Bord bestens Bescheid. Demzufolge konnte ihm gar nicht entgangen sein, dass ihm einer ans Leder wollte. Wenn er nichts von sich aus zum dem Vorfall sagte, hieß das nicht, dass er nicht wusste, wer es gewesen sein könnte. Immer noch grübelte Jan, wer ihn wohl niedergeschlagen hatte. Ein Philippino? Aaron? Weil er nicht wollte, dass über seine Beziehung zu Gil geredet wurde? Möglicherweise gab es auch andere Gründe, dem neugierigen Passagier eine Lektion zu erteilen. Nämlich dann, wenn Aaron der Dame eine ähnliche Warnung erteilen wollte und dies leider für jene tödlich ausging. Wenn sie sich seinen Vorhaltungen gegenüber gar nicht einsichtig zeigte und ihn wegen seiner vermeintlichen Rechte auf Gil auslachte, konnte so ein Matrose schon mal ausrasten. Also Aaron? Der zog schließlich aus dem Ableben der Lady zweierlei Nutzen: Durch Sergeys Verhaftung erhielt er vorfristig den Posten des Bootsmanns und mit den weiblichen Verführungsversuchen war endgültig Schluss. Wie stand Aaron zu Sergey? Fiel es ihm leicht, einem Kameraden eine Tat in die Schuhe zu schieben, an der jener völlig unschuldig war? Wenn er nur an seine Karriere und an Gil dachte – möglicherweise. Die Philippinos bildeten an Bord eine ethnische Gruppe für sich. Dienstgradmäßig waren sie alle den Russen unterstellt. Logisch, dass sie zusammen hielten. Magnusson beschloss, sich vorsichtig mit Gil zu beschäftigen. Dieser schöne, sanftmütige junge Mann akzeptierte sicher kein Verbrechen und lebte weiter, als sei nichts geschehen, mit Aaron zusammen. Demzufolge glaubt der an Sergeys Schuld.

Magnusson beobachtete noch eine Weile die Arbeiten an Deck. Gil konnte er nirgends entdecken. Er ging nachdenklich zurück in seine Kammer.

Später, auf der Brücke, saß Grigoriy allein vor seinem Computer und schob dort Container hin und her. Der Ladeplan.

»Knifflige Sache«, meinte Magnusson anerkennend und beugte sich näher zum Bildschirm.

»Routine. Der Trimm muss stimmen und die Logistik. Einfach gesagt, muss der Container, der zuerst gelöscht wird, logischerweise obenauf stehen. Wir laufen in Hamburg den Terminal CTA an, dann Tollerort und dann Eurogate.«

Magnusson schaute zu, wie der Erste flink virtuell Container um Container staute und Liste um Liste abarbeitete.

»Wissen Sie eigentlich, was in den Containern drin ist?«

»Nur bei Gefahrgut, wie zum Beispiel Feuerwerkskörpern, und bei Kühlcontainern. Ansonsten interessieren uns nur Gewicht und Bestimmungsort.« Grigoriy wühlte in seinen zahlreichen Listen. »Hier«, er zog ein Blatt heraus und zeigte auf Deck, »der Kühlcontainer dort ist voller Lobster und Shrimps. Das heißt, wir müssen regelmäßig die vorgeschriebene Temperatur kontrollieren.«

Magnusson lief das Wasser im Mund zusammen. »Mmh. Lobster. Dazu einen kühlen, trockenen Weißwein . . .«

»Krebse«, parierte der Erste versonnen, »dazu Dill und Knoblauchsoße. Wir lagen mal Midsommar in Schweden. Der Aquavit war nicht zu verachten. Oder in Südamerika ein großes argentinisches Steak, so groß, dass man den Teller nicht mehr sieht.«

»Lammsteaks«, offerierte Jan, »ich bevorzuge Lammsteaks. Ganz zart rosa, mit einer Minzesoße, einem Hauch Knoblauch und einem milden Rotwein. Nicht so einen schweren, der dominiert, sondern einen noch jungen Wein, der sich nicht vordrängt. Sie bevorzugen wohl eher den heimischen Wodka?«

Grigoriy lehnte sich auf seinem Drehstuhl zurück, streckte die Beine, dehnte die Arme und lächelte sehnsüchtig.

»An Bord trinken wir nicht. Ab und zu ein Bier, aber keinen Wodka. Zu Hause wird allerdings richtig gefeiert. Als ich noch mit Pavel auf großer Fahrt war, hat er mich im Urlaub oft zu sich mitgenommen. Rostow am Don – die Heimat der Donkosaken. Der Ataman. Die prächtigen Pferde. Die Donkosaken verstehen zu feiern. Sie singen und tanzen und sie trinken nie ohne Trinkspruch. Hundert

Gramm Wodka am Tag seien gesund, sagen sie.« Er küsste die Fingerspitzen seiner rechten Hand.

»Und zweihundert Gramm?«

»Dann sind Sie ein Trinker. Kennen Sie die russische Gastfreundschaft?«

»Leider nicht. Sie soll legendär sein.«

»Besuchen Sie Russland! Sie werden es nicht bereuen«, sagte er mit treuherzigem Augenaufschlag.

Magnusson dachte an eine Zeit, die weit zurück lag.

»Sagen Sie Grigoriy, was bin ich für Sie?«

»Sie sind Passagier.«

»Das meine ich nicht. Ich möchte wissen, wie Sie mich als Deutschen sehen. Im letzten Krieg waren wir Feinde.«

Der First Mate verschränkte die Arme vor der Brust.

»Bitte nehmen Sie das nicht persönlich, Jan«, aus seinem Gesicht war alles Entgegenkommen gewichen, er sah hart und entschlossen aus, »wir haben im Großen Vaterländischem Krieg Millionen Menschen verloren. Als ich meiner Mutter sagte, dass ich für einen deutschen Reeder arbeiten werde, hat sie sich bekreuzigt. Mein Großvater hat als Partisan gegen die Deutschen gekämpft. Die russische Seele ist bereit zur Vergebung – aber vergessen, vergessen werden wir es niemals. Jedes Brautpaar in Russland verbeugt sich in Ehrfurcht vor den Gräbern unserer Kriegsgefallenen. Kennt man solche Traditionen bei Ihnen auch?« Da schwang eine Spur Zynismus im Ton mit.

Magnusson schwieg betroffen.

»Wissen Sie«, redete der Erste versöhnlicher weiter, »Heimat – das ist für uns etwas völlig anderes, als für Sie.

Für die Deutschen ist Heimat die Region, in der sie geboren und zur Schule gegangen sind. Dort, wo ihre Eltern lebten, fühlen sie sich zu Hause. Für uns Russen ist Heimat kein geographisch begrenztes Gebiet. Unsere Heimat ist das ganze riesige Russland. Wir sagen »Mütterchen Russland« und meinen es auch so. So, wie Söhne für ihre Mutter kämpfen, sind auch wir jederzeit zur Verteidigung bereit. Gegen wen auch immer. »Mütterchen Russland« – dafür opfern wir unser Leben. So denken auch die jungen Russen.« Dieser letzte Satz klang wie eine Warnung.

Magnusson beschlichen Schuldgefühle, obwohl er durch die Gnade der späten Geburt nun wahrlich nichts mit dem Krieg zu tun hatte. Er legte dem Russen schweigend seine Hand auf die Schulter. Dann ging er.

Auch beim Mittagessen lief ihm Gil nicht über den Weg. Magnusson blieb nichts anderes übrig, als die Kammern auf dem Mannschaftsdeck abzulaufen. Aus der Kammer, über der Gils Namen stand, drang weiblicher Gesang. Unmöglich, dachte er, der Matrose kann unmöglich ein Mädchen in seiner Kammer haben, das würde Korygin nicht dulden, eine Dockschwalbe flöge umgehend wieder von Bord. Der Gesang verstummte und setzte mit der immer gleichen Wiederholung einer schwierigen Stelle wieder ein. Es war eine fremdartige, schwermütige Melodie, die da immer wieder geübt wurde. Magnusson konnte seine Neugier nicht mehr bezähmen und klopfte. Sofort brach der Gesang ab. Gil öffnete die Tür einen Spalt breit und grinste Magnusson zutunlich und fragend an.

»Sorry, Gil. Ich habe einen Song gehört ...«

Der Philippino zog die Tür vollens auf und deutete einladend in das Innere seiner Kammer. Zu Magnussons Verblüffung war sie leer. Kein Mädchen. Nur der dunkelblaue Vorhang vor Gils Koje war vorgezogen. Er trat ein und Gil schloss die Tür wieder. Magnusson blieb wie angewurzelt stehen und blickte gebannt auf den Vorhang.

»The girl?«, flüsterte er und deutete auf die Koje.

»What? Girl?«, lachte der Junge und zog mit einer raschen Bewegung den Vorhang beiseite.

Seine Koje war leer.

Gil deutete auf die Polsterbank vor dem Bull-Eye, Magnusson solle sich setzen. Dann stellte er sich in Sängerpose vor ihm hin und begann mit einer für einen Mann unglaublich hohen Stimmlage zu singen. Er erreichte mühelos die höchsten Höhen und hielt den Ton sauber. Magnusson hatte so eine Stimme bisher nur ein einziges Mal in seinem Leben gehört. Es war eine Arie, welche die Königin der Nacht in der »Zauberflöte«, einer Mozart-Oper, sang. Eine Opernsängerin! Und nun stand ein phillipinischer Matrose vor ihm und schien diese Kunst mühelos zu beherrschen. Magnusson applaudierte und der Junge verneigte sich lächelnd.

»Gil, this is beautiful! Und ich dachte ... ein Mädchen ...! Du bist ein Künstler, Gil, weißt Du das? Du könntest damit großen Erfolg haben. Mit einer Ausbildung, versteht sich.«

Der Junge hockte sich neben ihm auf die Bank.

»Yes.«

Gil erklärte ihm, dass er von seiner Heuer jeden entbehrlichen Dollar zurück lege, um für eine entsprechende klassische Gesangsausbildung zu sparen. Die wolle er in Amerika machen und die Staaten seien teuer. Magnusson grübelte immer noch, wie der junge Seemann diese erstaunliche Stimmlage produzierte. In seinem Hinterkopf flüsterte eine Stimme etwas von Kastraten. Als habe der Junge seine Gedanken erraten, bedeutete er ihm mit einer obszönen Geste, dass er ein unversehrter, junger Mann sei, nicht anders als alle anderen an Bord. Lediglich sein Kehlkopf biete die physischen Voraussetzungen, mit einer speziellen Technik diese für einen Mann unglaublichen Höhen zu erreichen. Er hob eine Isolierkanne hoch und fragte Magnusson, ob er Tee wolle. Schnell schob er die auf dem Tisch herum liegenden Fotos beiseite und stellte zwei Teetassen darauf. Interessiert verdrehte Magnusson seinen Kopf, um etwas auf den Fotos zu erkennen. Gil nahm sie in die Hand, fächerte sie wie ein Kartenspiel auf und gab Erklärungen.

»My Birthday-Party.«

Die Aufnahmen in der Messe zeigten einen in Sängerpose mit weit aufgerissenem Mund vor den Jungs stehenden Gil. John mit einem Geburtstagskuchen, Gil Kerzen auspustend, Gil Bier trinkend, der Rest der Mannschaft Bier trinkend, Korygin gratulierend . . .«

»Moment!«, Magnusson griff hastig nach einem Mannschaftsfoto. Hinter Francis lehnte eine Frau an der Wand. »Who is this lady?«

Gil lachte nicht mehr. Die Lady sei tot, sagte er traurig. Sie schwiegen beide.

Das also ist die Dame, dachte Magnusson. Interessant. Endlich ein Bild von ihr. Er wollte einem Gedanken, oder vielleicht nur einem Gefühl nachspüren, aber Gil versuchte, die trübsinnig gewordene Stimmung mit weiteren Fotografien wieder aufzuheitern. Er holte ein Album herbei, welches Aufnahmen seiner Heimat und seiner Angehörigen enthielt und begann, Magnusson lang und breit die familiären Verwandtschaftsverhältnisse zu erläutern. Jan hörte nur mit halbem Ohr zu. In einem unbeobachteten Moment entwendete er das Foto der Frau und schob es in seine Hosentasche. Warum, wusste er selbst nicht.

Oben, in seiner Kammer legte er es vor sich auf den Schreibtisch und betrachtete es intensiv.

Eine attraktive Frau. Sie strahlte Lebenslust und Sorglosigkeit aus. Nachvollziehbar, dieses Interesse des Chiefs. Ihr hautenges Blümchenkleid fand er allerdings für eine Reise mit einem Frachtschiff genauso unpassend wie die hohen Absätze ihrer Schuhe. Sie lächelte über die Köpfe der anderen hinweg Gil zu. Ihr blutrot geschminkter Mund war ein wenig geöffnet und wirkte sehr anziehend. Trotzdem irritierte Magnusson etwas an diesem Lächeln. Er hielt seine flache Hand auf den Mund und ließ nur ihre Augen frei. Das war es. Der Mund lächelte, aber die Augen lächelten nicht mit. Ohne das ablenkende Lippenrot wirkten diese Augen kalt und berechnend. Sie schienen auf etwas zu lauern, wie auf eine Beute. Gil? Aaron war auf dem Foto nicht zu sehen. Möglicherweise ging er gerade Wache oder war einfach nicht im Fokus. Eines jedenfalls wusste Magnusson mit Sicherheit: Wenn sie in Aarons Gegenwart dem jungen Matrosen ebenfalls solche Blicke zugeworfen hatte, wusste der, was zu tun war. Grigoriy fehlte. Logisch. Wenn der Kapitän zugegen war, ging der Erste Wache. Üblicherweise brachte der Koch dem Diensthabenden in solchen Fällen ein Stück Kuchen auf die Brücke.

Magnusson klopfte nervös mit dem Zeigefinger auf die Tischplatte. Ihm blieb nicht mehr viel Zeit. Morgen Nacht sollten sie in Hamburg wieder einlaufen. Er beschloss, Aaron mit seinem Verdacht zu konfrontieren. Auch mit seiner Vermutung, der Bootsmann habe ihn niedergeschlagen. Von dessen Reaktion auf die Vorwürfe hing alles ab. Die einzige Möglichkeit, zu Sergeys Entlastung beizutragen.

Aaron sei auf dem Vorschiff zugange – auf der Back, bedeutete ihm Francis, der hingebungsvoll Rostflächen auf dem Achterdeck bearbeitete. William stemmte sich mit der Schulter voran durch das Schott, behindert durch einen Karton im linken Arm. Darin ein altmodisches Abspielgerät und Kassetten. Also doch kein Interesse der jungen Leute an der väterlichen Technik und den längst vergessenen Hits.

»Nicht Ihr Geschmack?«, grinste er William an.

Der warf mit Schwung den Deckel der Mülltonne auf und wandte Magnusson sein enttäuschtes Gesicht zu.

»Not one music! Only talk, talk, talk …«

»Who?«

Williams Arm schwebte über der Tonne. »Grigoriy.«

»Warten Sie!« Jan griff nach dem Karton und nahm ihn William ab. Der starrte ihn verständnislos an, rückte aber die für ihn so enttäuschende Beute widerspruchslos heraus. Er schüttelte den Kopf und bedeutete Magnusson – bevor er sich, wie Francis, dem Rost zuwandte – , dass die Kassetten nutzlos sind. Macht nichts, mein Junge, dachte Magnusson und trollte sich mit dem Karton. Ich will einfach nur wissen, was Grigoriy so von sich gibt. Sicherheitsunterweisungen? Muss die ein Offizier erst mal in seiner Kammer vor dem Mikrofon üben, bevor er sie der Mannschaft zu Gehör bringt?

Gespannt legte er die erste Kassette ein und lauschte. Die veraltete Technik gab zuerst ein Knacken, dann Knistern und Rauschen von sich. Dann eine männliche russische Stimme, die nur zwei Worte sprach. Die Stimme schwieg, aus dem Gerät drang nur das bekannte Knistern und Rauschen. Nach zwei Minuten, die Magnusson wie eine Ewigkeit vorkamen, vernahm er Grigoriys tiefe Stimme. Wieder nur zwei Worte, die sich wie Koordinaten anhörten. Gebannt lauschte er dem Hin und Her. Zug um Zug. Genau: Hier spielten zwei Schach miteinander. Und Nikolay hatte es ihm ja auch gesagt, Grigoriy habe einen Freund auf einem anderen Schiff, mit dem spiele er gelegentlich Schach. Nicht nur, wenn die Frachter in Sichtweite voneinander entfernt liefen, sondern manchmal über den halben Erdball hinweg. Die Freuden des kostenfreien

Funkverkehrs von Schiff zu Schiff. Die Erklärung für das Knistern, Knacken und Rauschen auf dem Band. Alles logisch und völlig normal. Nur – warum zeichnete Grigoriy diese Schachpartien auf? Um sie später allein nach zu spielen? Möglich. Magnusson kannte sich mit den Gepflogenheiten dieses Spiels, welches ja auch ein Sport ist, nicht aus. Warum wirft er sie jetzt weg?

Unschlüssig schob er das Abspielgerät beiseite und schaltete es aus. Er steckte das Foto mit der Ermordeten wieder ein und machte sich auf den Weg zu Grigoriy.

Die Kammer des Ersten stand offen. Magnusson klopfte und rief dessen Namen. Keine Antwort. Auf dem Schreibtisch lagen aufgeschlagene Seefahrts-Handbücher, dazwischen handschriftliche Notizen. Unter dem Notizblock lugte die Ecke einer Fotografie hervor. Magnusson drehte sich prüfend zur Tür, versicherte sich, dass keine Schritte sich näherten und zog das Foto heraus. Es war jenes, welches er vor kurzem noch so interessiert an der Wand betrachtet hatte. Grigoriy im Kreise junger Mädchen, darunter seine Verlobte. Mit dem hervor gezogenen Foto rieselten Papierschnipsel zu Boden. Ein Brief. Darunter wieder ein zerrissenes Foto, jenes, auf dem er seine Verlobte auf den Armen trägt. Seltsam. Offensichtlich war der Offizier gerade dabei, seine Erinnerungen zu vernichten, wurde gestört und legte nur den Notizblock darüber. Magnusson stand wie angewurzelt. Was treibt einen Seemann dazu, die schönsten Erinnerungen an die Zeit des Beginns der Liebe zu vernichten? Jahrelang hingen diese

Fotos in seiner Kammer. Er hat sie auf dem alten Schiff abgenommen und hier wieder aufgehängt. Und nun wirft er sie einfach so in den Müll? Jan schob die Schnipsel wie ein Puzzle wieder zusammen. Er holte seine Lesebrille aus der Brusttasche und beugte sich tief darüber. In seine Stirn gruben sich tiefe Furchen, die Lippen bildeten eine dünne, strenge Linie.

So, dachte Magnusson, so ist das gekommen ...

In diesem Moment krachte es fürchterlich. Die »Meta« erschütterte, legte sich wie leckgeschlagen auf die Steuerbordseite und tauchte für einen Moment tief in das Hafenbecken. Von Deck brüllten Männerstimmen durcheinander. Er verließ schnell und unauffällig die Kammer des Ersten. Nikolay rannte, immer zwei Stufen auf einmal nehmend, die steile Treppe hoch und hastete an ihm vorbei zur Brücke.

»Irgend etwas passiert ...?«, fragte Magnusson, erhielt aber keine Antwort.

Er zuckte mit den Schultern und stieg dem Zweiten nach.

»You now my order!«, brüllte Korygin gerade zornrot und wutentbrannt ins Sprechfunkgerät, als Magnusson leise eintrat und sich sofort auf den erhöhten Stuhl, seinem zugewiesenen Platz, setzte. Es folgte ein Wortschwall aus Fragen und Vorwürfen in Richtung Nikolay, von dem er aber kein Wort verstand, da er auf russisch geführt wurde. Das Resultat der Befragung wurde wieder in den Sprechfunk gebrüllt. Der Kapitän tappte wie ein Bär im Käfig zwischen Steuermannsstuhl und Brückennock hin und her.

Die Bewegung diente wohl einzig dem Zweck, die in ihm wallenden Stresshormone irgendwie in den Griff zu bekommen. Dann fingerte er aus der Brusttasche eine angebrochene Packung Zigaretten, zündete sich eine davon an und rauchte in gierigen Zügen. Nikolay – an das Temperament des Alten gewöhnt –, wartete geduldig auf weitere Befehle. Mit Eintritt des Nikotins in seine Blutbahn beruhigte sich der Kapitän zusehens. Er kniff die Augen zu schmalen Schlitzen zusammen und knurrte etwas zu Nikolay, der sofort die Treppe hinunter rannte. Korygin stand mit dem Rücken zu Magnusson, so, als nehme er ihn überhaupt nicht wahr. Er bewegte die Lippen, als spräche er mit sich selbst. Es war ein lautloses Selbstgespräch. Als er sich umdrehte, sah Magnusson, dass sein Gesicht nicht mehr rot, wie noch vor einigen Minuten, sondern jetzt bleich und eingefallen aussah. Auf der Stirn zahlreiche tiefe Falten. Die Lippen leicht bläulich. Er griff mit der linken Hand an die Herzseite und massierte diese. Der Kapitän wirkte auf einmal wie ein alter Mann.

»Geht es Ihnen nicht gut? Soll ich Grigoriy suchen?« Magnusson war aufgestanden und näherte sich besorgt Korygin.

Der winkte ab, schüttelte den Kopf und setzte sich ächzend auf seinen Platz.

»Kaffee …, wenn Sie mir bitte einen Kaffee bringen würden …«, sagte er mit müder Stimme.

Magnusson ging eilig zu der winzigen Kaffeeküche und zog die Kaffeekanne aus der Maschine. Die Tassen fand er an Haken baumelnd, hier gab es keine Schlingerleisten.

Der Kaffee, den er einschenkte, hätte Tote aufwecken können. Er goss Milch dazu, Zucker suchte er vergebens. Er drückte dem Kapitän den Becher in die Rechte und räusperte sich.

»Ich bin der Meinung, Sie sollten lieber ein Glas Wasser trinken, aufgeregt sind Sie schon genug. Dieser Kaffee ist für Ihr Herz alles andere als zuträglich. Als Passagier darf ich mich natürlich nicht einmischen, aber halten Sie es nicht für besser, wenn einer Ihrer Offiziere Sie ablöst?«

Korygin schaute ihn lange an, als verstände er nicht so recht, was dieser Deutsche da von sich gab. Schließlich knurrte er ein paar russische Worte und stellte den Kaffeebecher vor sich auf den ebenen Teil zwischen den beiden Radarschirmen. Er fuhr sich mit den flachen Händen einige Male rubbelnd über sein Gesicht. Allmählich kehrte die normale Gesichtsfarbe zurück.

»Aaron hat Mist gebaut«, sagte er schließlich. »Robert ist verletzt.«

Magnusson hob nur fragend die Augenbrauen.

»Nicht schlimm, aber er muss genäht werden. Zum Glück ist das hier im Hafen kein Problem. Grigoriy ist bereits mit ihm unterwegs. Hätte böse ausgehen können.«

Bei der Vorstellung dessen, was Robert hätte passieren können, ächzte er wieder. Magnusson stand wortlos auf und suchte in den Schubladen der Pantry herum. Er fand Kamillentee, brühte ihn auf und brachte ihn Korygin.

»Trinken Sie ihn oder trinken Sie ihn nicht. Den Kaffee schütte ich jedenfalls weg. Das ist momentan Gift für Sie.«

Der Kapitän trank tatsächlich in kleinen Schlucken. Zwischendurch gab er knappe Erklärungen zum Vorgefallenen. Sicherheitsvorschriften übergangen, Container abgekippt, Roberts Hand dazwischen. Noch mal glimpflich abgegangen. Berichte schreiben. An den Reeder, die Krankenversicherung, die Unfallversicherung, die Verantwortlichen im Hafen, die Gewerkschaft der philippinischen Seeleute und wer weiß wen noch. Er erfasste mit einer großzügigen, drehenden Armbewegung den rückwärtigen Teil der Brücke:

»Da! Schauen Sie sich um! Die halbe Brücke steht voll mit Ordnern und jeden Monat werden es mehr. Als sie uns damals die Computer brachten, hieß es: Jetzt seid Ihr eine Menge Schreibkram los. Alles voll elektronisch. – Blödsinn! Wir müssen heute alles doppelt und dreifach abheften und werden an dieser Papierflut noch mal ersticken. Ich werde bald keine Offiziere mehr brauchen, sondern Sekretärinnen!«

Anscheinend tat es Korygin gut, sich auf diese Art Luft zu machen.

»Was wird mit Aaron?«

»Der wird disziplinarisch zur Verantwortung gezogen – was sonst? Bei Sergey wäre das heute nicht passiert«, brummte er nachdenklich.

»Sie hätten ihn also gern zurück – Ihren alten Bootsmann?«

»Ja doch, verdammt noch mal! Wir waren alle aufeinander eingespielt, es lief nahezu problemlos. Bis … ja …, bis dieses Weib hier auftauchte …«

Zum ersten Mal bekannte der Kapitän Farbe. Bei den Seeleuten ist alles wohl geordnet. Alles hat seine exakte Bezeichnung in der Seemannssprache. Auch die Weiblichkeiten mit denen sie Umgang haben, werden praktischer Weise sortiert. Es gibt die Bezeichnung Lady, als höchste Form seemännischen Respekts und Bewunderung, es gibt die Frauen und Mädchen des häuslichen Umfeldes und es gibt die minderwertigen Weiber unter denen nur noch die Nutten rangieren. In seiner Rage schien der Kapitän zu vergessen, dass man über Tote pietätvoller sprechen sollte.

»Sie mochten die nicht.«

»Daraus habe ich nie einen Hehl gemacht.«

»Wer weiß – vielleicht bekommen Sie Ihren Sergey schneller zurück, als Sie denken.«

Der Alte setzte seinen Kamillentee so heftig ab, dass er überschwabbte und ein dünnes Rinnsal die eingebaute Technik bedrohte. Er wischte schnell mit dem Ärmel die Flüssigkeit auf.

»Was soll denn das nun wieder heißen? Können Sie sich auch etwas weniger sibyllinisch ausdrücken? Mit der Rückkehr meines Bootsmannes ist gegenwärtig …«

Die Klingeltöne des Mobiltelefons unterbrachen ihn.

Magnusson lauschte eine Weile dem sich entspinnenden englischem Palaver, dann ging er.

Kurs Hamburg

Es folgte eine Dienstberatung in der Offiziersmesse. Magnusson wartete die ganze Zeit vor dem geschlossenen Schott. Hin und wieder hörte er drinnen Korygins tiefe Stimme, sekundiert von Grigoriy, der irgend etwas aus den Dienstvorschriften verlas. Nach einer halben Stunde trat ein sichtlich verstörter, seine Pudelmütze in den Händen windender Aaron heraus.

»Na? Den Kopf hat es offensichtlich nicht gekostet.«

Aaron blickte ihm nicht ins Gesicht, sondern starrte auf seine Sicherheitsschuhe. Dann straffte er sich und wollte sich an Magnusson vorbei drücken. Der hielt ihn am Oberarm fest.

»Wir haben ebenfalls miteinander zu reden. Gehen wir in die Mannschaftsmesse!«

Der Bootsmann schüttelte die Hand ab, warf Jan einen misstrauischen Blick zu und bedeutete ihm mit einer ruckartigen Bewegung seines Kinns, mitzukommen.

Drinnen blieb er mit dem Rücken vor dem geschlossenen Schott stehen und blickte Magnusson finster an.

»Sie wissen, weshalb auch ich ein Hühnchen mit Ihnen zu Rupfen habe«, eröffnete ihm Magnusson.

»Hühnchen? I don't understand you!«

»Sie verstehen mich sehr gut!«, sagte er mit einem drohendem Unterton in der Stimme. »Sie waren es nämlich, der mich auf Deck niedergeschlagen hat. Ich war Ihnen lästig geworden mit meiner ständigen Fragerei und Sie wollten auf keinen Fall, dass bestimmte Dinge heraus kommen. Ich sollte mich zurück nehmen.«

Der Gesichtsausdruck seines Gegenübers blieb undurchdringlich.

»Ihr Verhältnis zu Gil sollte nicht in der Öffentlichkeit breit getragen werden und es sollte auch keiner wissen, dass Sie bei Sergeys Verhaftung die Hand im Spiel hatten. Damit war nämlich nicht nur der Posten des Bootsmannes frei, dem Sie allerdings, wie wir heute sehen konnten, gar nicht gewachsen sind, sondern es war endlich diese Frau beseitigt, die solche Unruhe in Ihr beschauliches Leben an Bord brachte!«

»I'm not a murderer!«, schrie Aaron plötzlich heftig bewegt auf.

»Nein, Sie sind nicht der tatsächliche Mörder. Aber Sie haben ihn gedeckt, weil Sie Sergey um dessen Posten willen los werden wollten. Sie wissen, wer die Frau umgebracht hat, weil Sie ihm begegnet sind, auf dem schmalen Gang unter den Containern.« Auf gut Glück fügte er noch »Backbords« hinzu.

Aaron nickte verblüfft.

»Tja, mein Freund, die Fragerei und das Herumhorchen hatten seinen Grund. Ich war Beamter bei der deutschen Polizei und finde es verdammten Bullshit von Innen, dass Sie einen Kameraden unschuldig im Knast schmoren lassen, nur weil Sie auf seinen Posten scharf sind!«

Er schob Aaron einfach zur Seite und ging.

Die »Meta« hielt Kurs auf Hamburg. Heute Nacht sollte sie dort festmachen. Wäre Magnusson ein ganz normaler Passagier gewesen, hätte er die Reise als informativ, interessant und sogar romantisch verbucht. Die nächtlichen Brückenwachen, das Dahingleiten durch die tiefdunkle See, die Lichter der Aufkommer und Mitläufer, dazu das ferne Blinken der Leuchtfeuer. Magnusson würde es nie vergessen und er würde es gern unter angenehmeren Umständen wiederholen. Sofern man nicht gerade hinter einem Mörder her war, bot die Seefahrt eine Art von Entspannung, die ihm bisher verborgen geblieben war. Also mit Marlene auf ein Frachtschiff? Oder doch lieber den vollen Service eines Kreuzfahrers genießen? Merkwürdig, wie der Eintritt ins Rentenalter die Sichtweise auf das Leben einengt. So lange er berufstätig war, drehten sich seine Gedanken überwiegend um die Arbeit. Urlaub war lediglich eine kurze, regelmäßige Unterbrechung der dienstlichen Obliegenheiten, ab der zweiten Urlaubswoche stellte er bereits wieder Überlegungen an, die sich mit seinem Beruf beschäftigten. Er konnte damals gar nicht anders. Seine Dienststelle war der Mittelpunkt seines Lebens. Und heute beschäftigte er sich vorrangig damit, welchen Teil der Welt er sich noch anzuschauen gedachte. Die Freuden des Rentnerdaseins? Oder der Eintritt in eine Lebensphase, die von immer mehr Beschränkung, Reduzierung und Verlusten geprägt wird, um schließlich in den Nebeln der Demenz für immer aufzugehen.

Marlene hatte es gut. Die saß zu Hause am Schreibtisch, übernahm freiberufliche Arbeiten, wann immer es ihr passte, war niemandem Rechenschaft schuldig und sich selbst der strengste Kritiker. Na ja, bei Lichte besehen, neidete er ihr diese Art der Beschäftigung auch wieder nicht. Man musste schon ihre Persönlichkeitsstruktur besitzen, dieses »sich selbst genügen« und natürlich die entsprechende Kreativität, die ihrer Meinung nach nur in den einsamen Stunden gedeiht. Er braucht Menschen um sich herum, die er beobachten und beurteilen kann. Er will mit jemandem reden, selbst wenn es sich dabei um Straftäter, oder – wie meist in seinen letzten Berufsjahren als Dienststellenleiter –, um Menschen, die Ordnungswidrigkeiten begingen, handelte. Apropos. Diese Reise hatte ein Ergebnis gebracht. Es galt, nun Farbe zu bekennen und es mussten nun auch die Behörden in Hamburg verständigt werden. Doch vorher, vorher wollte er den Täter zum Bekenntnis zwingen.

Die Tür zur Kammer des Kapitäns war geschlossen. Also schlief der. Wahrscheinlich das Beste nach der Aufregung. Wenn Korygin weiter so nachlässig mit seiner Gesundheit umging, nahm es wohl kein gutes Ende mit ihm.

Auf der Brücke saß Grigoriy wie gewohnt vor dem Computer und schob Mini-Container auf der Ladefläche einer virtuellen »Meta« hin und her. Nikolay lehnte im Steuermannsstuhl und hörte russische Balladen. Die automatische Steuerung entband ihn vorerst von jeder Aktivität. Sein Blick glitt aufmerksam über die vor ihm liegende See und die Instrumententafel. Im Funk das übliche Hin und

Her der Schiffskommunikation. Die Situation hatte sich also entspannt.

»Alles wieder friedlich?«, fragte Magnusson den jungen Russen.

»Wie man's nimmt«, mischte sich Grigoriy ein. »Der Kapitän will Aaron loswerden und für ihn Ersatz anfordern.«

Aus dem Sprechfunk meldete sich eine Stimme, die die Annäherung des Lotsenbootes ankündigte. Die Elbmündung. Nikolay nahm die Geschwindigkeit zurück. Die »Meta« stoppte.

»Dagegen haben Sie energisch protestiert, nehme ich an?«, fragte Jan in provozierendem Ton den Ersten.

»Wieso meinen Sie das?«

»Weil Sie Aarons Fehler decken werden. Sie haben allen Grund dazu.«

Der scharfe Unterton in Magnussons Stimme bewirkte, dass Nikolay erschrocken den Kopf zu ihm drehte und ihn mit seinem Kindergesicht irritiert anschaute.

Der Erste zischte ein paar russische Wörter zu dem jungen Offizier, der sofort aufstand und die Brücke verließ. Grigoriy nahm dessen Platz ein, vergewisserte sich mit einem Rundumblick, dass auf See kein Ungemach von einem anderen Schiff drohte, dann drehte er sich langsam zu dem hinter ihm stehendem Magnusson um.

»Was wollen Sie damit sagen?« Seine ebenmäßigen Gesichtszüge wirkten angespannt, das rötlich-blonde Haar, sonst akkurat geföhnt, lag wirr um seinen Kopf.

Magnusson zögerte zuerst, ob es der richtige Zeitpunkt für die Konfrontation sei, dann sagte er, Grigoriy dabei unverwandt direkt ins Gesicht blickend: »Sie haben die Frau an Bord getötet.«

Grigoriy reagierte nicht. Sie schwiegen beide, nur die Stimmen aus dem Funk unterbrachen die Stille.

Schließlich sagte Grigoriy mit brüchiger Stimme: »Weshalb sollte ich?«

»Weil Sie die Frau kannten, sogar sehr gut kannten. Sie war Ihre Verlobte gewesen, bis sie sich vor Jahren mit einem Brief von Ihnen los sagte. Keiner hier an Bord kannte die Frau, von Ihrer angeblichen Verlobten existierten nur verblichene Jugendfotos. Sogar Korygin erkannte sie nicht. Den ließen Sie in dem Glauben, Sie flögen in jedem Urlaub zu ihr. Der Kapitän war der Frau zuletzt vor vielen Jahren begegnet, zudem mochte er sie nicht. Er schöpfte also keinen Verdacht, als die hier auftauchte. Aber Sie, Grigoriy müssen entsetzt gewesen sein. Sie haben die Frau nämlich immer noch geliebt, über all die Jahre hinweg. Selbst als sie das Verlöbnis löste, änderte das Ihre Gefühle nicht. Sie dagegen, schien nie wirkliche Liebe für Sie empfunden zu haben. Die Verlobung war für die anscheinend mehr so eine Art Jux, von dem man zu Hause im Büro den kreischenden Weibern berichtete. Ein russischer Marine-Offizier. Mal was Neues. Ich nehme an, so wird Sie Ihnen auch bei diesem unerwarteten Wiedersehen gegenüber getreten sein. Für die Frau waren Sie von Anfang an nur ein Spaß, der zwei, drei Reisen dauerte – mehr nicht.«

Grigoriys Hände lagen auf den Armlehnen seines Sessels. Sein Gesicht blieb angespannt ausdruckslos, jedoch die Hände krampften sich in die Armlehnen.

»Ich habe sie geliebt. Mehr als mein Leben.«

»Das glaube ich Ihnen. Ansonsten wären Sie zu dieser Tat nicht fähig gewesen. Sie verloren die Kontrolle, weil heftige Emotionen im Spiel waren. Vielleicht hatten Sie auch geglaubt, da weiter zu machen, wo es vor Jahren aufhörte, die Zeit der Trennung vergessen. Endlich ein gemeinsames Leben. Ich nehme an, die Dame hat diese Hoffnungen sehr schnell zerstört?«

Grigoriys rechte Hand ballte sich zur Faust. »Auf dem Vorschiff wollte ich mit ihr reden. Irgendwie hatte ich noch die Hoffnung, dass unser erneutes Zusammentreffen Schicksal sei. Sie hat mich ausgelacht und verhöhnt! Sie sei nicht wegen mir an Bord. Unsere Begegnung ein Zufall. Ein russischer Seeoffizier sei nie das gewesen, was sie sich für ein ganzes Leben hätte vorstellen können. Zu mir passe besser irgendeine Natascha oder Olga. Als sie dann noch meinte, ich solle verschwinden, sie warte auf Sergey, da habe ich die Kontrolle verloren.«

»Ja – Sergey nicht zu vergessen! Haben Sie denn ruhig schlafen können mit dieser Last auf dem Gewissen?«

Der Erste vergrub seinen Kopf in den Händen. Von ihm kam nichts mehr.

Schwere Schritte polterten die Treppe herauf. Korygin in Begleitung des Lotsen. Der Erste hob den Kopf, stand auf, ging wortlos an den beiden vorbei und verschwand.

Der Lotse, ein freundlicher älterer Herr mit schlohweißem Haar, schüttelte über diese Unhöflichkeit irritiert den Kopf »Was ist denn mit Ihrem Ersten los? Wir kennen uns und gewöhnlich wechseln wir ein paar Worte.«

Der Kapitän zuckte ahnungslos die Schultern, stellte den sich im Hintergrund haltenden Magnusson als Passagier vor und verwickelte den Lotsen sogleich in einen fachlichen Disput. Bald saß der Lotse auf dem Stuhl und gab seine Anweisungen für die Ansteuerung der Elbe. Hier herrschte reger Schiffsverkehr. Die Stimmen im Funk wurden hektischer und manchmal drängender. Korygin stand mit vor der Brust verschränkten Armen auf der Brücke. Ab und zu griff er nach dem Fernglas und tauschte sich über seine Beobachtungen mit dem Lotsen aus. Was für ein friedliches Bild, dachte Magnusson, und wie bedauerlich, dass er diese ruhige Sachlichkeit jetzt gleich zerstören würde. Er räusperte sich: »Herr Kapitän, kann ich Sie kurz sprechen?«

»Wenn's unbedingt sein muss. Gehen wir dort hin.« Er zeigte auf den Kartentisch im Hintergrund, wo bereits die aktuelle Seekarte mit der Elbmündung auflag.

Magnusson eröffnete ihm mit halblauter Stimme, dass die dem Kapitän von früher bekannte Ex-Verlobte seines Ersten und die an Bord ermordete Dame identisch seien. Es gebe gewisse biometrische Daten, die ein Gesicht auch nach Jahren beibehalte. Das könnten Fachleute anhand der Fotografien eindeutig nachweisen, aber er sei sich auch so sicher. Außerdem habe Grigoriy es eben nicht bestritten. Der Erste habe die untersuchenden Behörden irregeführt.

Korygin klapperte nervös mit den Lidern, seine Gesichtszüge wirkten von dem kurzen Schlaf keineswegs erholt, tiefe Furchen zogen sich quer über die Stirn und von der Nase zu den Mundwinkeln.

»Wieso Ex-Verlobte?«, fragte er dann.

»Weil die Dame sich schon vor Jahren von Grigoriy losgesagt hatte. Er aber weiter in seiner heilen Welt leben wollte. Jedenfalls nach außen. Als sie die Reise auf der ›Meta‹ buchte, rechnete sie nicht damit, hier auf ihn zu treffen. Sie nahm wohl an, er fuhr immer noch die Neuseeland-Charter. Haben Sie die Frau wirklich nicht erkannt?«

Der Alte stand immer noch wie vom Donner gerührt. Magnusson wiederholte seine Frage.

»Zum Teufel – nein! Ich habe die nicht erkannt. Ich begrüße die Passagiere und sehe sie dann mal gelegentlich auf der Brücke. Bei der war ich froh, wenn sie nicht hoch kam … Ansonsten habe ich Wichtigeres zu tun.«

»Aber es muss doch Auseinandersetzungen, irgendwelche lautstarke Streitereien oder zumindest eine eisige Atmosphäre zwischen den beiden an Bord gegeben haben! Die hat es damals nicht mal für nötig erachtet, ihn wenigstens anzurufen. Das Verlöbnis wurde mit drei Worten brieflich gelöst. Den Ring dazu und fertig. Kein Wunder, dass es in Grigoriy gärte. «

»Das kann durchaus sein. Nur habe ich nichts dergleichen bemerkt. Man macht halt seine Arbeit, damit habe ich genug um die Ohren. Mitbekommen habe ich lediglich, dass sie hinter Sergey her war.«

»Und es erschien Ihnen schlüssig, dass da etwas passierte?«

Korygin stieß wütend wie ein Stier die Luft durch die Nase aus. »Sagen Sie mal, wie kommen Sie eigentlich dazu? Sie stellen hier Fragen, als seien Sie die Polizei persönlich. Was immer Grigoriy Ihnen auch erzählt hat oder Sie mit Ihren Schnüffeleien heraus bekommen haben, es geht Sie nichts an! Sie sind hier Passagier!«

»Tut mir leid, Kapitän. Ich war mein ganzes Berufsleben lang im Polizeidienst und habe Ihnen das verschwiegen, weil ich Sergey helfen wollte.«

Korygin warf ihm einen misstrauischen Blick zu. »Sie kennen Sergey?«

»Nicht persönlich. Ich kenne seine Schwester.«

»Ach so.« Er ließ offen, was er in dieses »Ach so« hinein interpretierte.

»Was sollte ich denn Ihrer Meinung nach machen?«, sagte er versöhnlicher. »Die Ermittlungen hatten ergeben, Sergey sei schuldig. Da kann ich zehn Mal sagen, ich kenne den Mann aber ganz anders, der ist lammfromm, nur ausgezeichnete Beurteilungen. Die haben mir gar nicht richtig zugehört. Tat im Affekt, meinten die. Das Einzige, was ich für ihn tun konnte, war, ihn wissen zu lassen, dass ich mich nicht von ihm abwende. Besuchen kann ich ihn ja nicht so einfach, aber ich halte Kontakt zu seiner Familie und ich habe ihm geschrieben.« Er warf einen unruhigen Blick auf die See. »Wir reden später weiter. Der Lotse erwartet meine Präsenz. Im Gegensatz zur landläufigen Meinung steht das Schiff nämlich nur unter Lotsenberatung, die Verantwortung trägt immer der Kapitän. Wen was passiert, bin *ich* dran.«

Magnusson erschien zur festgesetzten Stunde in der Kammer des Kapitäns. Unter dem Arm trug er einen unscheinbaren Karton.

»Was haben Sie da?«, fragte Korygin sogleich.

»Ich will Ihnen etwas zeigen.« Er öffnete den Karton und zog das altmodische Abspielgerät heraus. Er drückte Knöpfe und sie hörten Grigoriy und dem unbekannten Seemann beim Schachspielen zu.

»Damit hat der Erste sich sein Alibi verschafft. Das Aufzeichnungsgerät der Brücke bestätigte den Behörden seine Aussage, er habe die Brücke während seiner Wache nicht verlassen. Die Aufzeichnung arbeitet mit Zeitangaben und in dieser Zeit hat er für die Mordkommission nachweislich von Schiff zu Schiff Schach gespielt. In Wirklichkeit hat er zu dieser Zeit die Frau auf dem Vorschiff mit dem Rosthammer erschlagen.«

Der Kapitän raufte sich die Haare. »Schalten Sie das ab!«, forderte er harsch. Wie ein Bär im Käfig tappte er in seiner Kammer hin und her. Plötzlich blieb er stehen.

»Magnusson, das würde ja bedeuten, er hat die Tat vorsätzlich begangen und geplant?«

»So ist es. Er behauptet zwar, es sei zufällig zu einem Streit an Deck gekommen, aber die Fakten sprechen dagegen. Er wusste offensichtlich genau, wo sie sich aufhielt und auch der Zeitpunkt war günstig. Samstagnachmittag – da drängte keiner zur Brücke.. Der Radarschirm sagte ihm, dass keine unerwarteten Probleme mit anderen Schiffen zu befürchten waren. Die automatische Steuerung arbeitet zuverlässig, wenn der Wachhabende für kurze Zeit die Brücke verlässt. Nur mit Aaron, der ebenfalls der Lady Bescheid geben wollte, konnte er nicht rechnen.«

Der Alte nahm seine Wanderung durch die Kammer wieder auf.

»Das hätte ich Grigoriy niemals zugetraut! Ich bin mit dem Mann jahrelang rund um die Welt gefahren und konnte mich selbst im heftigsten Sturm bedingungslos auf ihn verlassen!«, Korygin hob abwehrend beide Hände, als wolle er das Unheil von sich weisen.

»Bei Grigoriy ist der Fall eingetreten, dass eine große Liebe in ebensolchen, wenn nicht noch größeren, Hass umgeschlagen ist. Als sie sich noch einen Spaß daraus machte, ihn mit Sergey zu quälen, da hat er beschlossen, dass sie sterben soll.«

Der Kapitän reagierte mit einer russischen Suada, die hauptsächlich aus unübersetzbaren Schimpfwörtern bestand. Er schlug sich mit der Handfläche wiederholt gegen die Stirn und fluchte weiter vor sich hin. Magnusson wartete geduldig das Ende des Wutanfalles ab.

Erst als Korygin ihn wieder anblickte, fragte er. »Werden Sie jetzt die Kripo Hamburg informieren?«

»Ja, verdammt noch mal! Sie müssen mich nicht auf meine Pflichten hinweisen, ich weiß von allein, was ich zu tun habe!« Er trat mit dem rechten Fuß gegen seinen Schreibtischstuhl.

»Ausgerechnet Grigoriy verliere ich! Und das alles wegen eines Weibes! – Einer Deutschen!«, setzte er grollend hinzu.

»Na, Kapitän – erstens war sie Schweizerin und zweitens: solche Weiber gibt's auf der ganzen Welt. Sie sind kein Phänomen der Eidgenossen. Im Gegenzug bekommen Sie Ihren Bootsmann zurück. Ein guter Bootsmann ist auch was wert, an dem Jungen hängt doch Ihr Herz.«

»Ja, ja«, sagte Korygin schon versöhnlicher und blickte auf seine Armbanduhr, »aber er kann mir keinen Offizier ersetzen. Ich muss wieder auf die Brücke. Geben Sie mir bis Hamburg Zeit. Ich will das alles von Grigoriy selbst hören. Ich bin nicht nur sein Vorgesetzter, sondern auch sein Freund. Weglaufen kann er uns ja hier nicht.«

Weder beim Mittagessen, noch beim Abendbrot bekam Magnusson Grigoriy zu Gesicht. In der Mannschaftsmesse wurde getuschelt, als auch Korygin sich zur gewohnten Zeit nicht blicken ließ. John Wayne hob auf die wiederholten Fragen nur unwissend die Schultern. Inzwischen näherten sie sich dem Hamburger Hafen.

Magnusson erblickte auf der Brücke nur Nikolay mit dem Hafenlotsen. Er setzte sich auf seinen gewohnten

Platz und wartete auf Korygin. Es wurde dunkel. Die Lichter Hamburgs grüßten das heimkehrende Schiff.

Endlich tauchte der Kapitän auf. Sein Blick flackerte. Auf Magnussons fragenden Blick bestätigte er ihm, die Hamburger Kripo informiert zu haben.

»Sie werden allerdings niemand mitnehmen.«

»Wie meinen Sie das?«

»Grigoriy ist nicht mehr an Bord. Er hat einen Brief hinterlassen. Mit den Koordinaten, wo er gesprungen ist.«

ENDE